诗海扬帆

曾庆芳

著

中国文联出版社

· 北京 ·

图书在版编目（CIP）数据

诗海扬帆 / 曾庆芳著 .-- 北京： 中国文联出版社，
2023.8

ISBN 978-7-5190-5210-2

Ⅰ . ①诗… Ⅱ . ①曾… Ⅲ . ①诗词—作品集—中国—
当代 Ⅳ . ① I227

中国国家版本馆 CIP 数据核字 (2023) 第 106401 号

著　　者　曾庆芳
责任编辑　胡　笋
责任校对　曾繁荣
装帧设计　王　巍

出版发行　中国文联出版社有限公司
地　　址　北京市朝阳区农展馆南里 10 号　　邮编 100125
电　　话　010—85923025（发行部）　　010—85923091（总编室）
经　　销　全国新华书店等
印　　刷　三河市华东印刷有限公司

开　　本　889 毫米 ×1194 毫米　　1/32
印　　张　8.5
字　　数　112 千字
版　　次　2024 年 1 月第 1 版第 1 次印刷
定　　价　48.00 元

自序

　　有人说，诗歌是用来颂雅的；有人说，读诗可以赏心悦目的；而我想说：写诗是用来诉说心事的，是心与心的碰撞，是情与情的交织，是对美好的追求，是对生活的热爱，是故事里的你和我。创作诗歌，就是要把自己对生活、生命、亲情、爱情等这些人类永恒的主题，通过自己的感悟，借用诗歌的形式，淋漓尽致地表现出来。

　　诗歌是精神文化产品，也是最古老的文学样式和艺术表现形式之一，以其简洁明快的篇幅，富有韵律感和朗朗上口、易于传播的特点，通过情感的流露或者宣泄，可以对人的精神产生一定的影响，从而让生活中的感悟激起更多人的共鸣。目前，诗歌在全世界各民族以不同的语言方式存在、传播和发扬着。

　　读到一首好诗，那种心情愉悦的程度，是很难用言语和词汇准确表达出来的。而创作出一首融入自己对生活的理解和感悟的诗歌，那种畅快的成就感更是无法比拟的。诗歌通过其短小精悍的特有形式展现着，就像一杯浓缩的咖啡，分量虽小，却蕴含着丰富的情感和深刻的感悟，令人常读常新，回味无穷。

我喜欢读诗，更喜欢写诗，也知道写诗要讲究格律。格也就是格式，就是规定的字数和形式。律就是我们常说的规矩、规律，比如，平仄、押韵、对仗，意思就是说哪些字是平声，哪些字是仄声，哪些字是入声，哪些字要押韵等，而我总是随着自己的性情去写。只要大脑闲着，包括在班车上、出差途中、睡觉前都会进行构思、打腹稿；只要双手有空，不管是用手机还是电脑，都会把想到的诗句赶快写下来。在写诗欲望的驱使下，自己一边享受写诗的快乐，一边陶醉于诗歌的意境里。

借此机会，我也谈点写诗的体会：一是用诗歌表达真情实感。只有从真实的现实生活中升华并提炼出来的诗才能真切感人，然后把蕴藏在内心的喜怒哀乐、志向情趣通过诗歌真实地表现出来，所以写诗的情感一定要直率、情真。二是诗的意象要具体，不能抽象。要从真实感受出发写诗，而不是从理念出发写诗，就是要通过诗歌把抽象的情绪，转变成使人可以感知和想象的画面或场景。三是诗歌语言要精练，不用多余的字。写诗贵在精练、准确，不能过于随意，少用形容词，让其呈现出语言的准确性。诗的语言具有歧义性，是要求诗在客观呈现的意义上能够包容更多方向的意义和可能，而不是含糊不清。四是诗歌的立意要高远，意于言外。毕竟诗歌不是照相，每个部位都要拍得清清楚楚，要给人留下想象的空间，让读者从字面意思上悟出更多更深刻的道理。

在业余时间里，我一直坚持舞文弄字，坚持文学创作30多年，其间出版了《小芳诗集》《小芳散文集》《兵心溪语》《兵心留痕》《六月情》《七叶树》等文学作品。也一直坚持创作诗歌，借用文字赞美春夏秋冬、赞赏风雨雷电、颂扬日月星辰、讴歌山川花草，还赞誉亲人、朋友、老人和孩子，等等。现将创作的119首诗歌汇编成集——《诗海扬帆》，真诚地希望得到您的鞭策和鼓励、批评和指正。

我创作的诗歌大部分是现代诗、自由诗。有的是通过直接抒发思想感情来反映社会生活的抒情诗，比如，《父亲与母亲》："父亲的肩上挑着一根扁担／一头是一家人的生计／一头是一家人的生命／奔跑于一年四季／／母亲的双手捧着一盏油灯／一边照亮父亲走的路／一边温暖全家人的心／飞针走线至天明"；又如，《太阳下的娃》："万里无云的太阳下／奔跑着一群鲜活的生命／觅食的鸟儿经不住诱惑／在娃娃头顶上追逐打闹∥风和日丽的太阳下／没有苦涩和沧桑的记忆／眼睛里忽闪着全是纯真／嘴角边流出的尽是童谣∥云淡风轻的太阳下／不再留恋草垛旁捉迷藏／而是携七色阳光的赠予／把梦寄托给高飞的风筝／秋高气爽的太阳下／不再躺奶奶怀里听故事／总想从太阳升起的地方／像张绿色的帆驶向源头"等。有的是不受格律限制，注重自然、内在的节奏，字数、行数、句式、音调比较自由，语言比较通俗的自由诗，比如，《与幸福对白》："幸福是什么／是一盒用开水泡好的方便面／这是穷困潦倒三天没有进食的人的定义∥不幸福是什么／是不知道自己想吃什么／这是山珍海味什么都吃过的人的感叹∥幸福是什么／就是有足够的过日子的钞票／这是有一份好工作且待遇丰厚的人的直白∥不幸福是什么／就是钞票很多很多／多得让你不想踏踏实实过日子"；又如，《英雄本色》："我承认／在物质和金钱上／我们是捉襟见肘／但我们仍为自己的选择／感到骄傲和自豪∥我承认／在恋情和亲情上／我们更多的是思念和牵挂／但我们仍为自己的选择／感到伟大和自信∥我承认／我们向往五彩缤纷安逸的生活／更希望国人不再饱尝战乱／祈盼天下所有的人／享受永久的太平"等。有的是兼有散文和诗的特点，有诗的意境和激情，注重自然的节奏感和音乐美，篇幅短小的诗歌，比如，

《山路》："一截泥泞之路／一条颠簸之路／一段历史的回忆／／几辈人的沉思／几代人的奢望／山路依然崎岖不平／／少年成了中年／中年成了老年／唯一不变的还是那山路／／终于有一天／几个壮实的后生／感到山路的窒息／／于是，烈日下／一群大锄铁锤／敲响了山路的那一头"；又如，《老汉》："春天里／老汉迎着春风／一个人来到责任田里／把一年的希望全部种下／／夏日里／老汉顶着烈日／一个人来到田间地头／把一滴滴汗水洒下／／秋天里／老汉踏着秋霜／一个人来到庄稼地里收割／金黄的五谷／／冬季里／老汉抽着旱烟斗／带着心事来到田边／土地已懒得与他说话"等。有的是表现哲学观点、反映道理的，其内容深沉浑厚、耐人寻味，将哲学的抽象哲理蕴含于鲜明的艺术形象之中，比如，《秒针》："一生的信念／全都被他人／禁锢在盒子里／以头颅为定点／以身躯为定长／画着永远等同的圆／／嘀嗒的响声／只为他人鸣／是在宣泄抗争／是在倾诉委屈／其实是在告诫那些活着的人／千万不要浪费时间"；又如，《鼓励自己》："燕子嘴衔的春泥／虽然筑不成高楼／却能垒幸福之巢／坚信自己的选择／正是暗礁的阻挡／才使浪花更壮美／忙于采集的蜜蜂／务实地做好当下／不犹豫也不浮躁／永远不做后悔事／最好办法是坚持／精彩就在你远方"等。创作的山水田园诗居多，常常以山水等自然景观为主要描写对象，歌咏田园生活，比如，《父亲与犁》："父亲用他长满茧的双手／驱赶着祖辈们传下的犁／红壤土地犁地冒出了油／黑色的犁铧被磨出了光／父亲的脸上犁出道道沟／／依偎在父亲温暖的怀里／总能闻到那泥土的芳香……"又如，《牧童》："初秋的夕阳虽迷人／但被大山灌多了酒／全身泛红酩酊大醉／跌跌撞撞溜下了沟／／手搭凉篷眺望远方／骑在牛背上的牧童／踏夕阳烧红的河床／唱着小调凯旋归来／／由远及近传来阵阵／清新而悦耳的笛声／醉倒了牧童和路边／炊烟袅袅的小山村"；再如，《游子归》："一丘即将收割的稻田／被饱满的谷子拥挤着／迎着那火辣辣的太阳／不时地向我点头微笑／赶紧收起标准的军礼／握住满茧带泥的双手／不习惯于流泪的眼睛／又一次在草帽前释放"等。笔下的山水自然景物融入个人的主观情愫，或者借景抒情，表达了对大自然的热爱、对宁静平和生活的向往，比如，《写不尽的春》："一个春日／晨起侍候花／闲来煮着茶／阳光里打盹／细雨中漫步／灯光下看书／定余味无穷／乃万般惬意"；又如，《冬天来了》："走过春季的温暖／拥过夏季的热情／醉过秋季的浪漫／闻过春天的气息／尝过夏天的炎热／看尽秋天的丰盈／让我们相约在冬／捧一把皑皑白雪／携一缕清风阳光／度一段如歌岁月"等。

回眸走过的文学创作之路，诗歌确实写了不少，所思所想的、所感所悟的，都是自己的深切体会和内心独白，通过诗歌的形式尽情地流露出来。写了多年的诗歌，或许没有改变自己什么，但我还是喜欢读诗、喜欢写诗，因为我喜欢咀嚼人生、喜欢品味生活。正如那句富有诗意的话：这个世界不只有眼前的苟且，还有诗和远方。

有空时就多读点书，在慢慢欣赏中感受文字的魅力和力量，在朗读中感悟人生，在读书中享受乐趣！在字里行间，寻找流年留下的倩影，让一颗淡然的心悄悄释然。有兴趣的时候也写写诗，尽情放飞自己的思绪，把思念、乡愁、感悟、感想等融入清香的文字，既怡情雅性、抒发情感、表达心志，又丰富生活，陶冶情操，还释放了所有。如果你能坚持读书，又能坚持文学创作，那你的人生一定会更加精彩。

曾庆芳

2022 年 2 月 28 日

目录

走过风雨

你从风中走来

记忆中没有留下一丝欢笑

一堵用黄土堆积的城墙

挡住了你所有的梦想

你从雨中走过

相片中没有成双的倩影

一把用粗布制作的雨伞

遮住了你所有的心思

其实在风雨中

我们都曾拥有充满希望的绿点

也有不经意播下的苦果

因为我们都是普通人

但我更坚信

风雨之后肯定有彩虹

而且是最绚丽最耀眼的

那我们就沿着它启程吧

风雨人生

带着四季的风尘

向着未明的风景

在人生的旅途中

辛劳快乐地修行

迎着灿烂的朝霞

沿着坎坷的路程

走完山路走水路

迎着风儿淋着雨

穿过苍茫和迷雾

走过泥泞与荆棘

如果累了你就在

时光角落里休憩

假如渴了你就在

岁月小溪中畅饮

倘若痛了你就在

心里记下这些景

坎坷自信各一程

阻隔坚强又一程

即便在风口浪尖
也从未停下脚步

在人生的道路上
因为懂得了放弃
前行时感到轻松
由于学会了舍弃
看到了最美风景
因为知道是诱惑
所以更努力前行
因为前方有彩虹
还有雪后的初晴
故从未放松自己

在前行的征途中
把阳光镶在脸上
一直传播正能量
把微笑纳入行囊
不管是对还是错
积攒全部的希望
捡拾所有的美丽
身心磨砺的过程

斩获无穷的突破

一生不同的风景

风雨相伴的路上

生命得到了锤炼

收获了人生精彩

虽有失败和成功

还有泪水和感动

也有机遇和梦想

熟识了多彩世界

遇到了诸多路人

有忘不掉的背影

也有的成了风景

有相聚也有分离

这就是匆匆过客

有偶遇也有邂逅

这才有进进出出

有痛苦也有忧伤

这才叫品味人生

有幸福也有快乐

在不同的旅途中

学会欣赏和宽容

享受过程再修行

在不同的风景中

回味所走过的路

由懵懂变得成熟

从纯真蜕为清澈

从繁华换作安宁

从学习改为从容

一个个新的起点

一段段新的征程

亲身亲历的体验

让生命更加充盈

灿烂多彩的世界

人生是一段旅程

你所走过的路途

就是编织的生活

把握现在的自己

珍惜身边的一切

踏踏实实地走好

自己每一个脚步

不在生命里留下

一点遗憾的风景

人生是一段旅程

有铺满鲜花之路

有布满荆棘小道

不沉迷青山绿水

不害怕风雨兼程

人生有一个终点

由多个驿站组成

风一程雨也一程

生命一直在路上

默默艰难地修行

心之祭

一声乌鸦惊叫

小杜走了

雨顺着伤感的轨迹

坠入心空

不用谛听

我猜得出已是桃花谢遍

那年那月的故事

被两个不知天高地厚的少年

主宰

开头很动情

而花开的过程

却被大自然无情侵蚀

曾经心痛

曾经遗憾

一叠诗稿

一叠冥币

祭心海之情

续来生之缘

我错将雨当作泪

错把泪当作了雨

走在平安村幽径

忆长叹更长

小杜为何冷淡我

米酒也断魂

时 光

昨日

我读的是黄土色的脸

额头上是忧郁的图案

眉宇之间凝聚着困惑

眼里溢着清清的苦酒

搓红的鼻尖突出饥馑

刚毅的双唇禁锢了牙

今天

我的视野越来越宽阔

五颜六色且眼花缭乱

白皙而聪颖狡黠的脸

黝黑而粗朴淳厚的脸

棕红而热诚豪爽的脸

一同扎根在黄土地上

明天

我依然如此继续如此

但愿所有的黄土地上

绽开的都是五彩缤纷

组成最美丽的伊甸园

朵朵金黄色的报春花

笑盈盈地挺立在其中

日 子

在不经意的日子里

你成为我梦里面

擦肩而过的路人

在有风雨的日子里

你成为我脑海中

难以忘却的倩影

在多年苦等之后

有一颗流星划过天际

我只好无助地向你挥挥手

我独自坐在窗前

任孤独与寂寞侵袭

不知是继续还是终止

在无数期盼的日子里

我从你的眼睛里

找到两汪苦涩的酒

与幸福对白

幸福是什么

是一盒用开水泡好的方便面

这是穷困潦倒三天没有进食的人的定义

不幸福是什么

是不知道自己想吃什么

这是山珍海味什么都吃过的人的感叹

幸福是什么

就是有足够的过日子的钞票

这是有一份好工作且待遇丰厚的人的直白

不幸福是什么

就是钞票很多很多

多得让你不想踏踏实实过日子

其实微小的幸福就在你的身边

容易满足就是天堂

而永远不知满足的前方就是地狱

有了你
——致爱人

有了你

再炎热的夏天也觉得凉爽无比

因为你就是那冰心透凉的雪糕

有了你

再寒冷的冬天也觉得温暖无比

因为你就是那不透风的小棉袄

有了你

再漫长的黑夜也觉得短暂无比

因为总有你的鼾声伴着我入眠

有了你

再清贫的生活也觉得富有无比

因为你总是说身体好什么都好

有了你

再劳累的工作也觉得轻松无比

因为你总是在我最需要时出现

有了你

再苦难的日子也觉得甜蜜无比

因为你总是说守住清贫就是福

有你真好

疫情防控日

你便宅于家

练字学英语

听歌看抖音

答题赚积分

偶尔走出屋

陪你散小步

赏花亦看云

忆事也励志

说聊有同感

人海茫茫中

一遇定终身

再次回忆起

内心颇激动

有缘且能聚

还需风和月

执手至今日

感恩你相伴

一枚枚故事

现落纸成诗

一场春雨后

洗去了尘埃

花开飘清香

喜悦了相逢

情窦喜颜开

凝聚了相思

唯美的画面

生命的奇妙

转身刹那间

真的就是你

结发廿三载

情感日渐深

不管居何所

两心齐向前

无论食何物

生活比蜜甜

拉开窗和帘

一片新景象

花开草已绿

蝶舞鸟纷飞

看远处山水
风景正依然
忆起初遇时
初衷亦未改
不涂胭脂红
不装千娇媚
唯喜淡素雅
不生事多嘴
不忘亲友情
只续千年缘

偶尔走亲友
有时出公差
好吃有好景
定会想到你
虽隔万千山
只好求着月
让月去寻你
如水的双眸
清秀的脸庞
认真的样子

给你写过信

用蝇头小楷

为你作过诗

笔落诗数篇

给你拍过照

为你缝过衣

每一个清晨

品你的气息

每一个夜晚

伴着你入眠

不贪图不老

不奢望无疆

我创作茯苓

你编辑小札

齐传正能量

不管风和雨

纵隔千条河

生命里有我

你定会无恙

吾心亦安然

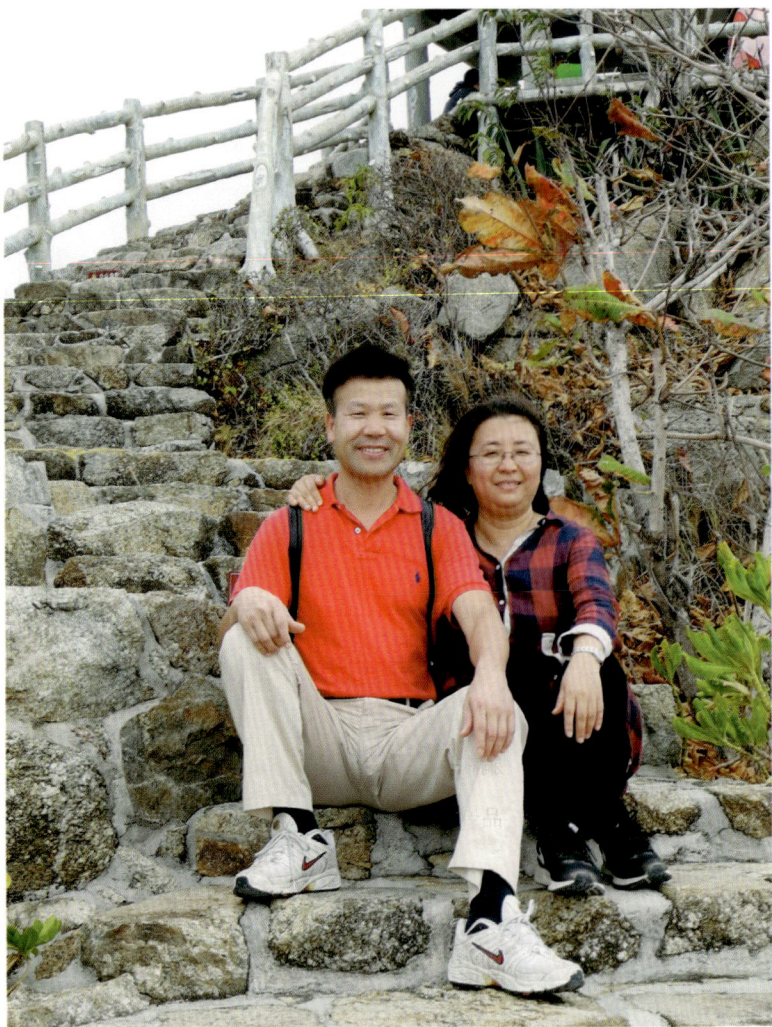

时光静好

每当到了此时辰
心就会安静下来
如小溪在阳光下
缓缓暖暖地流动
总喜欢舞文弄字
不为尘世所烦扰
将浮躁的心沉淀
任灵魂自由翱翔
由思绪四处飘飞
让清香文字跳舞

躺在藤椅上沐阳
品亲手煮好的茶
在香甜的空气中
惬意地翻看着书
品读生活和情感
积攒的字字珠玑
有春的鸟语花香
有夏的蝉鸣蛙声

有秋的五谷丰登

有冬的雪花飞舞

流动的文字成诗

触碰心灵的语丝

传递人生的善美

含情聚缘的诗行

抒怀人生的最美

灿烂如花的笑容

在宁静的时光里

感动含情的文字

似浓度最深的氧

醉了文字醉了你

打开记忆的天窗

如此斑斓的世界

只会人人皆向往

无论生活多烦恼

都要在静中寻找

不可多得的静谧

让心灵片刻休憩

让自己属于自己

让自己鼓励自己

让自己感动自己

享受精神的盛宴

坚守着一片净地

拥有心灵的家园

筑牢精神的港湾

将繁杂化为简洁

让灵魂更加充盈

使人生更为富饶

山长水远的道路

才会越走越宽阔

激情永远在燃烧

人生之路有鲜花

也有诸多的诱惑

鲜艳夺目的背后

还有喧嚣和蛊惑

学会与灵魂独处

可见心灵的清澈

又见内心的明净

才不会迷失自己

不被喧嚣的繁华

阻挡了回家的路

听一首喜欢的歌

在曲中遐想漫游

让情绽放思无限

刻骨铭心的还是

跋涉风雨的身影

弓腰前行的足迹

风吹开久遮的云

雨滋润新生的苗

让快乐畅想生命

让生命充满活力

在这美好的氛围

我们什么都不想

在这安静的时刻

就把自己的快乐

交给清香的文字

其实生活很公平

来回的路已安排

就看自己走不走

时光不会偏袒谁

就看你如何抓住

身在烟波浩渺中

介于浮华喧嚣里

一定要守住自个

千万别弄丢了你

想了就思念一下

累了就停歇片刻

烦了就放松一把

赠自己一句鼓励

给自己一方净土

送自己一处空间

品味人生

不要总觉得生活

不是艰难就是累

而辜负了生活中

许多美好的事物

不要总认为运气

不是背就是太差

错过了很多机会

诸多成功的案例

就在夜深人静时

依然在思索人生

假如经常把宁静

把美好挂在心间

就像望着春天里

嫩芽绿的桂花树

却已经闻到了它

秋季的淡淡清香

就算漫步在冬日

白雪压满的黄昏

也会恍若走进了
梨花盛开的春天

阳光明媚的春天
春风吹化了残雪
河水泛起了笑窝
在清新的微风中
顺着熟悉的小路
沐浴着温暖阳光
踏着青青的草地
你定会豁然发现
追求的诗和远方
就在我们的脚下

在炎热的夏天里
仰望透蓝的天空
感叹辛劳的蜜蜂
收获成熟的谷物
静看天边的彩霞
蛐蛐相伴的傍晚
回味雪糕的香甜
享受退热的惬意

生活的诸多浮躁
被夜的凉爽浸没

天高云淡的秋季
枫树像烧着似的
桂花的香飘万里
大雁结伴向南飞
我约满天的星光
在夜空为你闪烁
当忧伤烦恼来临
安静躺于阳台上
晾晒自己的心事
感觉温暖而明亮

白雪装饰的冬天
天地间浑然一色
大雪覆盖了喧嚣
催着阳光爬上窗
让温暖洒遍角落
照在花和叶子上
尽享隆冬的爱抚
冰雪已化作甘泉

春姑娘已在叩门

愿心里一片静好

生活的美很简单

或许渴时一口水

或者困时一张床

也许饿时一颗枣

或严寒时一件衣

就能够心静神宁

不必太苛求自己

完美无缺的人生

慢慢品一年四季

细细酌寒来暑往

时光不停地流逝

万物不断地更替

谁也留不住青春

不管怎样的无路

终将都会——被

柳暗花明所代替

弹指间沧海桑田

许多的是非对错

如果能及时放下

万般皆自由自在

人生有太多渴求

有时志比天还高

也少不了有错失

放空心灵和架子

让自己活得简单

把往事随风顺雨

接纳生活的美好

踏实过着每一天

你人生一定无悔

也必将满眼春色

赠给自己

总是在走过之后

才知道回头一望

总是在别离之后

才体会到已错过

感觉真不知道

自责是否值得

还是需要一个借口

一个没有理由的借口

内心真不知道

眼泪是否该流

还是需要一个掩饰

一个不必要的掩饰

其实真不知道

微笑是否该永久

还是需要一个故作

一个违心的故作

如果一时成就他人

我将尽力而为

如果他人处处依赖

那我将无言以对

面对眼前的一切

我只能说也只会说

我还没有成熟

我还需要磨炼

鼓励自己

仰望晴朗的天空

没有什么比它高

使人有种自卑感

俯视宽广的大地

什么都在你脚下

让人感到特自满

只有把视角放宽

将天地尽收眼底

才能在天地之间

找准真正的位置

无须自卑和自负

坚持自信与自尊

脚下的路都不平

有人一直在奔跑

有的担心会摔跤

奔跑的心有目标

怕摔的总是看路

其实机会差不多

结果自然很明了
奔跑得到了终点
怕摔的后悔一生
错失了机缘巧合
浪费了才华智慧
还终生伴着遗憾

每一天睁开双眼
都是崭新的起点
在暖阳的相伴下
时刻保持好心情
当你笑对一切时
整个世界为你笑
生活中的下一秒
到底会发生什么
彼此都无法预料
日子一直在路上
每个开始和结束
都是在丰富自己

再美再好的环境
都会让人受伤害
真正能治愈伤的

只有依靠你自己

感动别人的故事

也经常感动自己

而他成功的背后

经历了太多煎熬

漫长的黑夜为伴

无尽的孤独为影

还有嘲讽和否定

最后收获了所有

路在脚下自己走

事在肩上自己扛

没谁陪你到永远

再宽的肩只一副

理不清的事再理

想不明的理再想

有人帮你是幸运

没人帮你是考验

跨过坎坷是强者

经受苦难是赢家

不放弃一点机会

不停止一日努力

燕子嘴衔的春泥

虽然筑不成高楼

却能垒幸福之巢

坚信自己的选择

正是暗礁的阻挡

才使浪花更壮美

忙于采集的蜜蜂

务实地做好当下

不犹豫也不浮躁

永远不做后悔事

最好办法是坚持

精彩就在你远方

人生处处有风雨

遇上就勇敢面对

生活不会都如意

伤了就赶快治愈

经历人人不一样

机会来临别丢弃

充满诗意的日子

大家都希望拥有

没有就积极营造

永远快乐的心情

人人都期望占有

如遇失落速释然

人是奋斗的一生

有的一生很伟大

有人一世太烦琐

无人为你鼓掌时

给自己一个鼓励

没人给你擦泪时

给自己一些宽慰

在你自暴自弃时

给自己一份自尊

练就坚强的自己

不做裹足不前人

只做披靡向前人

世间总是在流动

你要学会放得下

属于你的会留下

不是你的请放弃

希望总有失望伴

付出总比得到多

欢喜期待奇迹时

总有致命打击你

愿我们披荆斩棘

用今天点燃明天

用努力换取辉煌

活出想要的样子

摆在面前的坎坷

一定要自己去迈

别人帮得了一次

却帮不了你一世

不要依靠和祈求

依靠会使你懦弱

祈求是一种安慰

自强才是硬道理

挺直自己的腰板

种下信念的种子

沿曲折的路攀登

让心灵再次强大

唯有快乐与满足

才能够远离痛苦

拥有青春与活力

才可谓正当年轻

唯有学习和努力

才能跟上新时代

通往成功的路上

哪怕无数次跌倒

面也要一直含笑

只有勤劳的人们

才能够弥补缺点

才可能赢得胜利

没有比人高的山

没有比心宽的海

在现实的生活中

自信是成功之母

机会敲门声很轻

你要用心才听到

留住时间似黄金

抓不住的像流水

没有规划的人生

如一张拼凑的图

认真规划的人生

才叫真正的蓝图

把握自己

不要总是感叹时光的匆匆和无情

不要总懊悔没有抓住最好的时机

不要总认为自己的运气不如他人

从母亲肚子里呱呱落地的那天起

我们都有着非常相似的人生经历

要么上学要么工作要么已经退休

有的人很快乐，可谓是幸福一生

有的人很平淡，但却是一帆风顺

有的人很辛酸，甚至是苦不堪言

在人的一生当中不可能没有意外

如果有一天意外发生在你的身上

你就上把锁，设置想不起的密码

不要把成功与失败归为人的命运

更不应该把成功或者失败看作是

命运之神的偏爱关照或捉弄刁难

事情的成收之前都在同一个起点
只是因为处理的方式或方法不同
而出现了质变或截然不同的结果

有的人一遇到困难就选择了放弃
而有的人勇敢地选择了迎难而上
因此而品尝到成功后的不同滋味

其实人生的成功不在于某种机会
而在于一个人是否是专心或恒心
失败只能让我们真正长大和成熟

善待自己

不要认为自己天天在做平凡的事
把一切平凡的事做好就是不平凡
不要认为自己每天在做简单的事
把所有简单的事做好那就不简单

每一个人都有自己的理想和追求
年少时想考好专业且是名牌大学
上班前想有轻松且待遇好的工作
婚后想成为创造幸福和幸福的人

当你停下来休息时别人还在奔跑
你不仅要承受过去更要改变将来
现在的每一刻都决定我们的将来
而将来的每一刻都在我们的手心

所以年少时我们一定要好好学习
并全力以赴不要分心且只争朝夕
在我们青年时一定要把工作做好
且规规矩矩一丝不苟并积极上进

永远真诚

从小花苞的时候起

就一直静静地守护着您

直到您开出鲜花结出硕果

从出发的那一刻起

就一直形影不离地陪伴着您

直到您顺利到达终点

从启航的那一天起

就一直默默地挂念您

直到您安全停泊在港口

门口的大树开始落叶

一片片地飘落

想您的心思

一天天变得凝重

流失的岁月更加匆忙

思绪依然繁重

而您的倩影

始终走不出我的记忆

在阳光下自我安慰

只要志更坚

心更诚

就一定会成功

人生如酒

做人如酒

知酒量者

定能做到

恰到好处

一次醉酒

让人体验出

酒精的威力

品尝过痛苦

定能校准

做人的方向

生活如酒

品酒有度

不因酒的醇香

而迷失自己

经历过醉酒

生命便有了

韧度和力量

就像常春藤

经风暴无数摧残

依然顽强地崛起

人生如酒

不知是酒醉了我

还是我醉了人生

喝慢了乏味

还不知浓烈

喝急了呛人

如果看不开

只会增添烦恼

如果想开了

那定是潇洒

爱情如酒

亦浓又暖

感天动地

给人清香

留下甜蜜

让人回味

爱过知情重

醉过知酒烈

了然一心的

是一种淡定

事业如酒

酒能醉人

充满诱惑

醉在事业有成

父母安康

事事如意

无穷尽的回味中

依然是有苦有泪

有喜有忧的

苦辣人生

乡愁如酒

曾经多少次

半梦半醒间

忆起想起

异乡漂泊的流浪

几度春秋

半醉半醒间

不忘难忘

滚滚红尘的辗转

模糊了乡愁

友情如酒

好朋挚友

无论在天涯海角

都是咫尺相邻

友情这杯酒

生活的甘露

唇齿间留下

无尽的飘香

越久越珍贵

越久越醇香

经历如酒

历练越多

经验越丰富

种种坎坷与磨难

积累的是经验

少了失误和自责

多了正确与自信

少了少年的鲁莽

添了一份沉稳

和冷静的思考

时间如酒

有时清醒

有时迷醉

醉醒之后

依然如此

尘归尘

土归土

你还是你

我还是我

起点重合了终点

裸露的性格

面对眼前的邪恶

你从来不会退却

尽管与你毫不相干

但你总说除非不知

面对出现的逆境

你从来不会气馁

别人都想顺流而安

你却偏要逆水行舟

面对荣誉的得失

你从来不会计较

总说自己无愧就行

因为太阳每天是新的

你也常说

见风使舵是一种有效防护

但你却认为最好的性格

还是裸露为好

父亲与犁

父亲用他长满茧的双手
驱赶着祖辈们传下的犁
红壤土地犁得冒出了油
黑色的犁铧被磨出了光
父亲的脸上犁出道道沟

依偎在父亲温暖的怀里
总能闻到那泥土的芳香
在我刚满十八岁的那年
父亲语重心长地对我说
你再也不能接这张犁了

在一个阳光灿烂的早晨
把父亲的所有祝愿打包
一同捆绑在背包里启程
从军的日子里经常想起
我辛劳的父亲和那张犁

无情的岁月和终年劳累

把父亲的背折叠成了弓
但父亲总是努力地挺直
得知我被军事院校录取
父亲与犁跑得更欢更快

但在秋雨后的一天早晨
太阳还在追赶着月亮
田野上的景色特别的美
村庄也格外的宁静安逸
犁第一次被闲置在屋角

父亲终于感到十分劳累
于是缓缓地躺在晨光中
被绚丽的朝霞涂红全身
安静甜美而舒适地卧成
一幅剪影一张不屈的犁

父亲与母亲

父亲的肩上挑着一根扁担

一头是一家人的生计

一头是一家人的生命

奔跑于一年四季

母亲的双手捧着一盏油灯

一边照亮父亲走的路

一边温暖全家人的心

飞针走线至天明

勤劳壮实的父亲就像

一条穿越浪花的小船

载着一家人的幸福和欢笑

载着对母亲的深情与爱意

勇敢朴实的母亲就像

一位把握航程的舵手

肆虐的海风怎么也撕不开

母亲用心呵护的船帆

小船按父亲的意愿到达前方
躲藏的暗礁给母亲让开航道
父亲母亲辛勤劳作的协作曲
只为家人创造更多的是幸福

父亲母亲精打细算苦苦劳作
送走的是太阳迎来的是月亮
总想让自己的孩子少些坎坷
渴望有一天血汗能换来富有

父母亲常常编织明天的故事
因为那才是父亲母亲的憧憬
我们要珍惜今天的美好生活
否则回归过去那肯定是明天

母亲，请原谅

亲爱的母亲

儿又要出远门了

带着您的牵挂和祝福

离开您了

从此

村口又多了一道风景

母亲伴着日出与日落

目光里流露出无尽的期待

多年以后

儿失望而至

母亲依然带着笑容和温暖的双手

迎接儿的归来

儿的心

被自己狠狠地抽了一下

希望其实很渺茫

却对母亲说得如此辉煌

亲爱的母亲

其实儿是不想让您的心

再次忧伤

因此，请原谅

妈 妈

见水果摊上的红枣时

我又想起了我的妈妈

在我童年的那片记忆

院子里的几棵红枣树

在妈妈的精心呵护下

一年比一年结的果多

不管是刮风还是下雨

妈妈有空时总会坐在

为我讲故事的门槛旁

用一条灰色的旧手帕

一边拭着眼角的泪花

一边默默地把我凝望

那时我还小也不懂事

竟不知枣红的季节里

还有那么多感人故事

也没有能够完全理解

母亲那期待的目光中

所蕴藏的特殊的含义

而如今的母亲虽然是
满头白发但依然健康
被夕阳染得金黄金黄
思绪再次被亲情占据
枣树的故事自由浮现
笔尖终于找到了灵感

说是一定要把您编成
《兵心溪语》书中的
一个真实感人的故事
一幅不是彩色的插图
一首不要修饰的诗歌
让更多的士兵去阅读

不知不觉送走了冬季
又悄悄地迎来了春天
您的白发依然像旗帜
始终飘扬在我的眼前
时刻伴着我的从军路
一直校正着我的人生

妈妈的白发

上学前

我总喜欢拨弄妈妈的头发

数着妈妈的白头发

上小学后

我经常照着镜子问妈妈

为什么自己的头上没有白头发

上初中后

妈妈的白头发更密了

我已经数不清了

上高中后

我不再去数妈妈的白头发了

而是把妈妈当作日记里的主人公

我想这样

在我和弟妹长大的时候

能读到妈妈过去的故事

老 汉

春天里

老汉迎着春风

一个人来到责任田里

把一年的希望全部种下

夏日里

老汉顶着烈日

一个人来到田间地头

把一滴滴汗水洒下

秋天里

老汉踏着秋霜

一个人来到庄稼地里收割

金黄的五谷

冬季里

老汉抽着旱烟斗

带着心事来到田边

土地已懒得与他说话

爷　爷

爷爷在大山的怀抱里

度过了辛酸的童年

爷爷对我说

那童年是特别难忘的

上山砍柴光着脚丫

下山背的柴比山高

爷爷在大山的怀抱里

度过了艰辛的少年

爷爷对我讲

那少年是非常难忘的

一日三顿是红薯

一件单裤过了严冬

爷爷在大山的怀抱里

度过了辛劳的青年

爷爷对我说

那青年最难忘的

雷鸣般的牛叫声惊醒太阳

锄锹磕碰石头溅出星光

爷爷在大山的怀抱里

送走了劳累的中年

爷爷对我说

那中年尤其难忘的

是那沟沟坡坡

睡梦中也在爬呀爬

爷爷在大山的怀抱里

迎来了祥和的晚年

爷爷对我说

我赶紧捂住爷爷的嘴巴

望着爷爷布满皱纹的脸

那是一座座沟壑纵横的山脉

摸着爷爷满是老茧的手

那是一座座引我航行的灯塔

爷爷和大山一样

是我心中永不消逝的雕塑

是我人生之路永不弯腰的

感叹号

太阳下的娃

万里无云的太阳下

奔跑着一群鲜活的生命

觅食的鸟儿经不住诱惑

在娃娃头顶上追逐打闹

风和日丽的太阳下

没有苦涩和沧桑的记忆

眼睛里忽闪着全是纯真

嘴角边流出的尽是童谣

云淡风轻的太阳下

不再留恋草垛旁捉迷藏

而是携七色阳光的赠予

把梦寄托给高飞的风筝

秋高气爽的太阳下

不再躺奶奶怀里听故事

总想从太阳升起的地方

像张绿色的帆驶向源头

望雨思小燕

真不知这场小雨是何时开始洒落的
也不知它为何如此执着地下个不停
本想站在窗前观赏这绵绵的小雨滴
而我的心思却被南方的小燕所占据

我不愿用太多的时间想雨后的日子
不愿揣测天空的色泽对我有何启示
无心分享小雨滴给小草带来的滋润
我只会再次品尝与小燕离别的苦痛

从小雨滴的缝隙中看散步情侣的脸
写满的是无尽的笑意和无比的幸福
突然无法压抑的思绪随雨飘然而至
一股暖流从心底钻过鼻腔蹿上头颅

用力收回发呆的眼神和凌乱的思绪
不能错过这些细雨绵绵的美好日子
哪怕是选择幽静或充满荆棘的小路
彼此亦哭亦笑也一定要坚持走下去

写不尽的春

一股春风

悄悄地打开

记忆的闸门

在成长的日记里

难忘的依然是

威严与教诲

思念的依旧是

慈祥和陪伴

一朵春花

默默地绽放

总想把所有的美

都尽情地展现

不怨生命的短暂

不怪风雨的无情

随风悄然而落

化作护你的春泥

一支春曲

借着迷人的景

飘落在花瓣上

醉了双眸

也醉了相思

借清香的文字

把唯美的岁月

再次曼妙衍生

一场春雨

缠缠绵绵

无拘无束

把空气洗得清凉

绵绵柔和

将所有的惆怅

全部释放

一直流向远方

一缕春阳

温暖含笑

像一个姑娘

温柔含羞

似一位慈母

亲切含情

打包所有的不舍

装进远行的背囊

一汪春水

时而平静如镜

时而泛起波澜

带着清幽的禅意

一抹馨香盈袖

一袭水墨绕肩

诠释高山流水般

曲曲清雅悠扬

一颗春心

由花开花落

随风起风止

毕竟我们都美过

只想虔诚地为你

整理吹落的花瓣

研成一笔丹青

点缀你的诗行

一份春情

看水来水去

任雨落雨停

心简净如初

看一汪春水

盼时光安然

沐一场春雨

望岁月静好

一个春日

晨起侍候花

闲来煮着茶

阳光里打盹

细雨中漫步

灯光下看书

定余味无穷

乃万般惬意

春之声

从不知名的小山坳

萌发出一株株小草

被太阳紧紧地拥抱

在屋后的那座山包

大人们挥动着铁镐

被放牛娃编成歌谣

听清脆的童声语调

再看桃花小麦水稻

早把农民的心醉倒

春 雪

春雪

把憔悴的大地扮装

慢慢地积蓄着热量

只唯那更美的坦荡

春雪

覆盖住料峭的寒光

悄悄地耕耘着希望

好再次把浪漫敲响

春雪

总想把一生的念想

全部寄托在黑土壤

只为农家人的兴旺

春 风

野性的寒流

像喝醉酒的汉子

疯狂了整个冬天

不知春姑娘出了啥招

把一个个驯服

岸边的垂柳

受宠若惊

一夜之间

珍藏在心底的千万枚冲动

一齐涌上枝头亮相

善于借题发挥的燕子

不时变换着舞姿

在宽阔的绿毡上

跳着圆舞曲

报告春的消息

声声清脆的柳笛

被柔软的春风刮起

深情地向天际延伸

一不小心撞上了浇水的喷泉

被扩展成一首充满春意的大合唱

面对躁动的春风

只有水稻声色不动

微微敞开若谷的胸怀

邀请春姑娘巡视

一心只想把庄稼人的辛劳

再次化作成丰收

又是春天

早已不知皑皑白雪的冬日
在什么时候悄然地溜走了
阳光蓦然间透过紧锁的眉
将温暖注释成明丽和清新

披肩的秀发是岸边的绿柳
深情的目光是河畔的细流
光彩照人的是亮丽的青春
蓬勃灿烂的是倔强的生命

毫不起眼弱不禁风的苦菜
在茸茸的绿色里最先昂头
紧贴地面默不出声的麦苗
以新的面容改昨日的娇羞

田野是个漫无边际的故乡
禁锢着五颜六色的情与结
即使拥有甜美清脆的歌喉
也难完全释放对春的青睐

只有置身绿色季节的深处

把我们的生命泛化成歌儿

让节奏和旋律更加的疯狂

才能真正地拥有抑扬顿挫

与阳光同行

走在乡村的路上

独自拥春风十里

只身携豪情万丈

沐浴温暖的阳光

展开含香的稿笺

让生命奔赴不止

把真诚四处传递

打开记忆的闸门

在清浅的时光中

一遍遍撞击心河

感恩的心再一次

寻找生命的旅程

勾起所有的往事

牵绊出一段记忆

端一杯泡好的茶

静静地品尝回味

追忆过往的经历

在蹉跎的岁月中

吟唱每一个故事

在难忘的情节里

释怀每一个纠结

其实生活的美好

不在如画的空间

而是在内心深处

风雨彩虹的颜色

山高水长的流淌

伴有一路的高歌

一路盛开的鲜花

自由自在的春天

用心播下一粒种

虔诚地许一个愿

守着希望的田野

嗅着稻香而入眠

饱经风霜的表情

正期盼心花怒放

更替的一年四季

刻骨铭心的记忆

在伤痕累累之躯

盛开了鲜艳的花

在这无声的日子

独自漂泊的身影

不断地挺直延伸

努力拼搏的工作

就是捶打的过程

感谢感知感悟中

积蓄更多的能量

人生价值的实现

就是要超越自我

战胜另一个自己

总想有那么一天

携着温暖的阳光

装满亲人的牵挂

在挚爱的土地上

溢满阳光的缝隙

把每一个好日子

照射得清晰透亮

经历过多年之后
初心一直不更改
始终将责任举起
超过肩越过头顶
把流过的血和泪
都将化做成财富
供自己一生收藏

探寻人生的路上
无论怎样的颠簸
都不会忘记誓言
只要有一缕阳光
就让它更加明亮
和天下有缘之人
与阳光一路同行

春梦无痕

阳温水暖

河开冰融

一切正悄悄地醒来

萌动的淡黄绿

欣然映入双眸

统统都是崭新的

包括心情和空气

还有梦想与希望

轻轻地

从新梦出发

让身心一同契合

欲实渐丰的春华

摘一束泛绿的草

将寒意刺骨的冷

和春光乍现的暖

交替更换

清新的香草味

早已扑入鼻腔

一江温暖的春水

一抹灿烂的阳光

几声鸟儿的清唱

积攒多时的心结

纠缠过往的不悦

都一一拥抱释怀

看空中游弋的白云

还有那缥缈的意境

真的很想很想

约上一阵柔风

请来丝丝细雨

与万物一起

住进鲜活的时节里

让热情的春神簇拥

以自然的方式流露

开启在幽径里独行

囤积更有力的文字

谱写更壮美的生命

悄悄地

换一身便装

带上诗和稿

托着梦和夜

打开心城里

最美的梦之门

走在初春的陌上

藏一袖春风

沐一身春雨

坚定地迈出

途经岁月的脚步

丈量有风雨的人生

春之赞

勇敢的使者

驱散了寒风

虔诚地送来

渐暖的空气

欢笑的流水

泛绿的柳枝

吐芽的苞蕾

果敢的使臣

送来了细雨

漫步微雨中

听着水花声

触摸雨肌肤

唱着三月曲

只得惬与悠

勇猛的使者

驱赶了隆冬

带回一兜春

馨香的气息

柔软的风云

绚丽的色彩

清新的身影

无畏的使臣

捎来了生机

蝴蝶正飞舞

清风在欢笑

碧水方吟诵

十里皆飘香

无处不飞花

小 草

只要春风一到

你便会冒出绿的尖尖

大地穿上了绿的衣裳

为辛劳的人播下希望

只要夏雨一降

你便会用力张开双臂

迎接世间万物的赐予

随时为生灵提供需要

只要霜降一来

你虽然是片片被枯黄

但你并不从此而悲伤

因为展示过所有的美

只要严冬一到

你便把枯萎全部覆盖

待到春风再次吹来时

大地又将是生机勃勃

相 思

伤痛的日子里

总有你的倩影随泪而出

无法割断的相思

只好用沙哑的余音

从心底呼唤你的名字

想你的日子里

记忆里全是你抛却的旧事

无法忘却的往事

只好在夜色里不断地复述

寄托梦里再现

也许缘分修得真的就是

差了那么一截

人世间便有了这分分离离

如果真是这样的结局

我只好用笔续写来世的梦

你这不肯回头的女孩

无数彻夜难眠的相思

只有化作对笔尖的依赖

我重新飞往旧情遗址

再次找寻当初的誓言

寻 梦

迷恋了许久

仍不知真正的主题

我只有选择抛弃

重新寻找

不是为了远方

那个虚构的梦幻

及缥缈的想象

而是想找回一分力量

失去了很多

却又无法拾起

我只有选择舍弃

重新寻觅

不是为了昨日

那首古老的歌谣

和那动听的传说

而是想寻找新的希望

眼前一切的不如意

弥漫在窒息的空气里

我只好下定决心

挥泪亲手搭制的小屋

背上用心编织的残梦

整理许久的承诺

告别彼此走过的乡间小路

去续梦的那一半

无悔青春

带着多年的一个梦想
走进了这一片大森林
只是想寻找一棵大树
记载自己生命的年轮

但是森林却没有恩赐
原因是这里缺少大树
从容地走出这片森林
步入视角宽阔的原野

在这片宽阔的原野上
我一眼就看到了大树
从那天起我的生命里
又多了个无悔的青春

今天和明天

不管你的生命中

还剩多少个明天

此时此刻的今天

都是属于我们的

对于明天的期望

就是今天的延续

对于明天的憧憬

就是拥有更多的

至善至美的今天

记载故事的昨天

紧拉着今天的手

又牵着命运的线

把我们推向前方

今天累计着昨天

明天堆积着今天

无论是情深缘浅

都在时光里聚散

均希望平安度日

日子一天又一天

活在现实的今天

爱就永远陪伴你

不管你的生命里

还有多少个明天

我们只拥有眼前

珍惜好每个今天

生命的路途才会

洒下一路的美好

不管你的生命里

还有多少个明天

我们只要有今天

爱今天该爱的人

恋今天该恋的情

忘今天该忘的事

心系今天的美好

运筹今天的命运

用真心拥抱今天

不管你爱的路途

有多么遥远难涉

无论你受的伤痛

有多么痛心疾首

请把真诚藏心间

抓住了今天的手

就是美好的明天

紧牵着感情的线

定会有延伸的缘

今天的今天就是

我们渴望的明天

都是今天的剪影

唯心愿为爱展媚

洒脱漫步天地间

不想有多少明天

望时间停留于此

不管有多少明天

一定珍惜好今天

花季无悔

在恋人的眼睛里

你拥有的不仅是青春和美丽

细柳般婀娜的身姿

而且拥有热情奔放的一颗心

在恋人的眼睛里

你拥有的不仅是幸福和微笑

花儿般灿烂的笑脸

而且拥有舍小家顾大家的一种情

在恋人的眼睛里

你拥有的不仅是成熟和果敢

勇往直前的战斗精神

而且拥有孜孜不倦的一种追求

你的恋人沉默不言

怪你忘却了那个美丽的相约

而你只想把青春无悔的信条

贴近那片绿的海洋

也是从那一刻起

风变得更加的温柔

雨孕育更多的诗意

都在期待做你的花期

苦苦的思念

在洒满夕阳的草坪上
我为你
准备了一款最新的相机
等你将秋天的晚霞定格

在有明月相伴的夜晚
我为你
站成一棵可以挡风的树
等你讲嫦娥的感人故事

在没有你相伴的日子
我为你
设置了专门的无线电波
等你来接收或者是呼唤

不知天空为何下起了雨
我为你
安装了一扇回忆的窗
等和你一起回往过去

心心相印

无边际的原野上

有一堵高高的墙

我在墙外

你在墙里

经过时间的磨炼

经过不断的努力

很想透过那堵墙

看到墙里头的你

终有一天

风雨过后

我们十指同心

你我心心相印

那年你十九岁

那年你十九岁

在那片美丽的风景里

你与理想结成伴

在躁动的季节里

你剪去了

十八年前保留的长发

在绿色的长河里

你站成一棵

绿色的橄榄树

蓬勃地生枝长叶

春天的梦境

从此绿茸茸

那年你十九岁

在那片特有的风景里

你与信念打了赌

在充满渴望的日子里

你褪去了

十八年前的稚嫩

在蓝蓝的天空中
你化做成一只
欢快的小燕子
衔来一粒泥土
去呵护来年的种子
收获十九岁的希望

梦

仰头凝视那瓦蓝的天空
生活的梦又在眼前联翩
无论是酸甜苦辣的人生
抑或是充满荆棘的征途
我只能闭目长吟暗伤心

这是个忧闷而悲愁的梦
萌芽在高山之巅的小草
只有彩霞般的夕阳探望
流落在野外的孤独蝙蝠
只好在凄凉黑夜里哀鸣

这是个天真而欢乐的梦
耸立在林海中苍劲的松
都在清风中欢乐地弹奏
翱翔在大海高傲的海燕
在浪涛声中完美地诠释

我把双手交掌于脑背后

平躺在这松软的沙滩上

呆望着白云点缀的蓝天

疲惫的思绪再化作烟云

无聊的梦幻不断在浮现

放风筝

漫步在枯黄的草坪

内心又一次被震撼

我突然意识到自己

错过了放风筝之机

抬头望南飞的白鹭

它们结伴越飞越远

我清楚地明白自己

逝去的已无法挽回

我没有遗憾和后悔

也没有抱怨和伤感

因为机会已经给过

只怪自己没有抓住

只要春天再次来临

我便要去放飞风筝

把一颗敏锐的雄心

放入宇宙瞭望世界

相思的雨

丝丝秋雨

挂满了天幕

片片落叶

撒满了大地

件件往事

占满了头颅

阵阵思念

挤满了树梢

秋雨裹着相思

相思伴着秋雨

飞过座座高山

跨过条条河流

走过漫漫长路

穿过长长雨巷

只因一份情缘

只为一次相聚

星星赶来作伴

彩蝶飞来伴舞

此时月光明朗

此刻秋风爽人

可是不了之情

依然魂牵梦萦

然则相思的愁

仍然刻骨铭心

思念似一潭秋水

一种剪不断的美

相思如一团迷雾

一种释不了的怀

怀念像一只蝴蝶

翩然成一首唐诗

牵挂似一壶淡菊

冲泡成一阕宋词

仰望浩渺星空

轻呼你的名字

低头俯身看水

寻找你的踪迹

轻轻风儿不停

捎来夜的漫长

潺潺流水不断

漂来雨的叮咛

今夜北边降霜

明晨南方落雨

我在霜地上寻你

你在雨幕中找我

不奢望携手同行

不贪念共度一生

只期盼有一天

彼此再次相聚

四月速写

四月的天

温温柔柔

洋洋洒洒

温暖舒适

没有暴雨的狂澜

没有烈日的炙烤

四月的景

草木似绿未绿

花朵似绽未绽

阳光不再毒辣

冷风不再酷寒

美好的都已存在

四月的阳光

阳光从缝隙间

抚摸娇柔的花瓣

花儿在清风里摇曳

所有的心思都跃上枝头

看外面多彩的世界

四月的心思

行走在时间的花海

看着它凋零和绽放

用欢喜的心情看待

心底始终如一朵小花

清淡且自足又优雅

油菜花

手搭凉棚

远远望去

绿油油的稻田

映衬着一片片

金黄色的油菜花海

满世界的流光溢彩

莹莹的绿

在田地间

蓬勃地生长

空气中弥漫着

阵阵油菜花香

如梦如幻

满眼的油菜花

汇聚成了海浪

轻轻地摇

吹皱了一池春水

也吹开了农民

那质朴的笑

勤劳的蜜蜂

穿梭在油茶花间

调皮的小黄狗

在田埂上追逐

柔柔的春风

不停地摇晃着油菜秆

那株株金黄色的油菜花

被荡漾出层层金波

绽放在农民的心田

那满枝灿烂的笑容

为你解读春天的魅力

如醉如痴

五月小曲

五月的苞蕾

盛开大片美丽的想象

花蕊溢满金色的思绪

如火如荼

五月的港湾

信念铸就如锚

启航于星光点缀之间

帆影绰绰

五月的草原

辽阔无边

在马背上豪情放歌

心旷神怡

五月的长空

充满希望

是上天恩赐你搏击

尽情地翱翔

五月的枝头

是蜜蜂耕耘的沃土

只有酝酿方能收获

一个丰硕的秋天

五月里有甘露滋润花草

有浊浪扑打粗犷的臂膀

五月里有烈日炙烤土壤

有生命蓬勃向上的森林

走进五月

脚步拨响秒钟急促而明快

一阵狂风一场暴雨

冲洗净五月忧郁的心事

五月不是温床

正如一只鸟

常躲在春天舒适的小窝里

将永远飞不进五月广阔的天空

思　念

用手擦不掉的是

亲情倾注在娘的头颅的思念

用心抚不平的是

岁月镌刻在娘的头颅的记忆

用泪遮不住的是

娘时常盼儿回家的双眸

在没有星星的黑夜里

娘依然是盼着月亮等着星星

因为娘总是喜欢把自己的心思

全部告诉星星

也只有星星才能够

理解娘的全部

在有星星的夜晚里

我会提前来到边防哨卡

寻找娘托付的那颗星星

从闪烁的星星中

我找到了也读懂了

娘的关怀与牵挂

请娘放心吧

我就是长空中翱翔的雄鹰

因为我深深地知道

在绿色的征程中

捍卫自己祖国的尊严

就是在保护好自己的母亲

儿对娘的牵挂

永远是儿的主题

娘对儿的思念

永远是系住我的长线

期盼与您相聚的念头

常常在我的梦中闪现

游子归

在很远的地方闻到了

从炊烟里飘出的清香

犹如夏日里清爽的风

直穿过我燥热的胸膛

一丘即将收割的稻田

被饱满的谷子拥挤着

迎着那火辣辣的太阳

不时地向我点头微笑

赶紧收起标准的军礼

握住满茧带泥的双手

不习惯于流泪的眼睛

又一次在草帽前释放

有雨从内心深处滴落

打湿母亲沉默的目光

四眼交汇的那一瞬间

有着信念在心间闪烁

七月是通往家门的路

我悄悄地解下武装带

把运行携行后留归位

从和谐的军营中起程

在父母亲的责任田里

我被定格成另一风景

不知是谷子还是肩章

金黄的颜色已成主题

忆昨天

昨天的我

曾经为爱而笑过闹过

为无后悔药而失眠过

一心只想往前飞的我

却给青春开了个玩笑

昨天的我

不知几多梦想被流浪

多少荒漠已变成桑田

几多爱从未改变命运

多少辛酸甜蜜成往昔

蓦然回首

昨天的我真的太幼稚

不知道黑暗里藏着路

错过之后才深切懂得

最不好守护的是珍惜

秋 叶

不知道是谁这么有创意
把一页页已发黄的稿笺
有序地垂挂在天地之间
组合成一片极致的风景

不知道是谁这么有个性
触怒了秋风的每个神经
把风景一部部地撕开后
赠给了一个文学爱好者

从此在秋天这个温床上
爱好者将一腔一生的爱
执着而又辛勤地耕耘着
只为来年孕育更美的诗

秋季心语

雨后的天空

飘荡着秋特有的味道

没有了炎热

却有了缠绵

没有了躁动

却有了

一丝丝的凄凉

含香的风

轻轻地

吻了一下叶子

风儿咧开了嘴

晚霞羞红了脸

懵懂的小鸟

把头藏进了翅膀

行走在

夕阳铺满的小路上

不小心触碰了

记忆的闸门

那一件件往事

迷醉了双眸

清透了灵魂

夏走秋至

昼夜更替

生命在四季里

日渐繁华

又逐年殆尽

即便如此

你依然要安暖前行

秋风会扫尽落叶

也不会留下残花

但山河依旧

牵挂还在

都应该

用安然之心

过好每一天

不管如何

我都想在绿水中

种下一株清荷

不惊不扰

自由生长

从此

一直温暖那单薄的心

都说人生是一出

多彩的戏

无论你

命运如何

你都要

用一颗纯净而善良的心

去感恩命运的馈赠

不责备

肆虐的风

不责怪

磅礴的雨

不抱怨失去

用努力、坚强和拼搏

续写永不言败的人生

时光无涯

光阴有序

在秋天的路上

请保持深情满怀

将热爱和尊重

植入

每一个平凡的日子

感谢坚持

感谢生命

感谢文字

在清美的记忆中

与坚守同步

与岁月同行

与秋季共舞

秋 实

知了的叫声全部消失了
留下的只是干瘪的躯干
嗒嗒的收割机声也远了
留下的是串串秋的音符

在梯田里整修的晒谷场
堆着农民的丰收和希望
脸上写满了调皮的儿童
任性地嬉戏皎洁的月光

带有一股辣辣的菜香味
硬是从厨房的窗户挤出
扑向被烈日涂得黑黑的
幸福灌醉而绽放的笑脸

在枝多叶繁的红枣树下
老人们品尝着无籽西瓜
看着跟前忙碌的儿孙们
脸上荡漾着幸福的荣光

秋 风

天上的星星更灿烂了

眼前的这张天幕好像

被它拔高了许多许多

即淡化了云朵的主题

又拓展了想象的空间

初秋的晚风有些凉意

但常被农家小厨灌醉

随着那慢悠悠的性子

在山的怀抱肆意撒娇

拨弄森林爷爷的胡须

我赶紧张开双手去接

迎风而落的片片树叶

把它组成一支流行曲

希望秋收之后的人们

有着品不尽的喜和乐

落　叶

树叶一片一片地枯黄

一片一片地随风飘零

在落日的金色余晖中

洒满营院的每个角落

几个胸戴红花的老兵

在落叶树前站成一排

默默地凝视着这落叶

庄重地行了一个军礼

离别在火车站站台边

老兵送了我一片落叶

告诉我落叶是在秋季

但落叶终不属于秋季

我双手捧叶目送老兵

虽叹惜落叶生命短暂

但其化作春泥为新芽

孕育只为新蕾而喝彩

忆 秋

淅淅沥沥的小雨

接连下了好几天

彻底浇灭了高温

带来了丝丝凉意

秋虽然姗姗来迟

但还是及时到了

沐浴在这秋雨里

我行走在田埂上

几声白鹳在鸣叫

数只野鸭在嬉戏

眼前庄稼长势好

儿时的秋在浮现

想起了儿时的秋

勤劳忙碌的身影

那沉甸甸的花生

那红扑扑的地瓜

还有田间的笑语

都是给你的赞美

想起了屋后的山
漫山遍野的果实
挂满枝头的山枣
一簇簇的野草莓
随手就可以摘到
甜丝丝又酸溜溜

想起了袅袅炊烟
静谧村庄不宁静
听到了狗的叫声
见到了牛在吃草
闻到了饭菜的香
还有母鸡在炫耀

望着高远的天空
秋雨已经停止了
天边露出了阳光
给大地披上金黄
丰收的季节来了
身影又一次忙碌

雨后思秋

接二连三的几场雨

把秋的味道刮来了

秋又一次悄然轮回

惊动了物惊扰了情

看万物已渐渐枯荣

唯有在静听中遐想

留恋的还是那个秋

宁静而清澈的日子

静静躺在老樟树下

慢慢挥别炎热的夏

丝丝凉爽随风飘荡

不停地诱惑着晚霞

让人喜欢让人伤感

让人留恋让人思念

有些岁月悄悄走了

没有留下一点痕迹

有的时光已经远了

却留下了很多记忆

在清晰与恍惚之间

留恋的还是那个景

便成了永远的珍藏

每个季节都有梦想

唯独秋天的梦更长

宁静清爽的时光里

秋意已模糊了阳光

在夏天涌动的日子

其实你早就看到了

秋的寂寥秋的深情

花伴着秋风在飘落

让人感受到了寂寞

叶随着夕阳在泛黄

耳边传来几声凄凉

还有那长长的叹息

是谁在忧伤在感叹

其实秋季正是如此

在这宁静的秋天里

风徐徐地凉了许多

雨渐渐地寒了不少

岁月缓缓变成沧桑

回眸一看仔细一寻

其实心海里浸染的

还是太多的不容易

就这样无可奈何地

告别昨日的旧时光

就如此莫名其妙地

披上了岁月的风霜

就这么始终如一地

执着地守住那片海

再也不让他又忧伤

有的一秋就是一生

有的一生只有一秋

为谁吟唱为谁欢笑

默默欣赏岁月流光

静坐在秋的缝隙里

寻一片身居的净土

找一尘不染的远方

秋风依旧不停地刮

秋雨执着不歇地下

拂起了满地的残香

激起了更多的希望

远了的依然看不见

近了的已经泪沾衣

寂寞的心随风飘荡

花开一季不嫌短暂

丰富了一城的美景

花落一生不留遗憾

飘落了一池的碎影

逝去的是绯红高贵

即便辗转成尘为泥

也不随便诉说衷肠

谁都想温馨又荡漾

都想拥有美好时光

秋风落叶也有悲伤

但从不沉沦和彷徨

因为它们深切知道

这只是一季的写照

往后只会更加辉煌

人的一生经历很多

肯定会有不少失落

人一辈子磨炼更多

一定会有很多取舍

还会有更多的诱惑

这需要你辨别自律

更需要你静思沉默

在这爽朗的秋风里

细细地品一杯秋茶

在这质朴的秋日中

有静听秋雨的惆怅

也有照亮远方的光

真诚地把那份成熟

融入最美的秋色里

爱在深秋

美丽而又缠绵的深秋

是一幅色彩斑斓的画

似一曲余音绕梁的歌

它承载着岁月的沧桑

它珍藏着如诗的心语

大自然已成七彩绚丽

温情而有韵味的深秋

是位多情温柔的母亲

是个勤劳勇敢的父亲

抚爱滋养了每片绿叶

培育成熟了每粒种子

将思想生命全部沉淀

滋润又沉甸甸的深秋

总让秋风秋雨和落叶

都尽情地展现它的美

那一抹抹镶嵌的金黄

把你和我的全部心思

带进令人陶醉的境界

从嫩绿至浅黄至深黄
再到秋韵染成层层霜
你我在落叶红黄相间
随着风飞伴着雨飘扬
把绝美的身姿和状态
绽放成生命里的赞歌

在渐行渐远的岁月里
经历改变了你的模样
再美的景再多的遐思
也不过是角色的更替
深秋的舞场一地新霜
竟化出如此美丽的妆

深秋具有独特的美景
看那落日伴随的彩霞
还有那轮皎洁的银月
也许是经历的太多了
心思有时愈显得凝重
这也许就是彼此人生

那被秋霜染白的底蕴
是繁华后的泰然处之
是危机后的峰回路转
是干涸中的深山清泉
短暂的人生犹如一梦
用余生换取岁月静好

步入深秋之年的你我
恰如青黄相接的秋叶
眼里悄悄隐去了青春
面部逐渐暴露出斑点
如果再纠结什么惆怅
那真的是没什么意义

人生最好的生活状态
就是要好好珍惜当下
有自己的追求和信仰
拥有强大的心灵力量
努力完善自己的同时
活成自己喜欢的样子

世间的万象皆由心生

人生是场修心的旅行
始终保持良好的心态
充满阳光和坚定自信
学会承受和懂得放下
忘记忧伤和不再忧愁

深秋是个唯美的季节
是相思和期待的时节
丹桂飘香伴金菊绽放
像个个待出嫁的新娘
红枫叶如燃烧的生命
银杏树闪着耀眼金光

秋的深处有你有远方
还有一扇打开的心窗
只要不迷失脚下的路
就会活得更从容洒脱
愿你岁月温柔又静美
望你青春永远在飞扬

秋的味道

淡雅安然的秋季

粒粒成熟的谷子

装满当下的富足

溢着温暖的幸福

开始了它的飘香

风和日丽的蓝天

大地染成了金黄

衣食无忧的秋季

以它饱满的身躯

谢大自然的馈赠

新谷酿成了美酒

是对完美的追求

自身价值的体现

是对土壤的感恩

对耕耘者的歌唱

伴着泥土的气息

带着懒散的雅致
领略人世的沧桑
收拾起凌乱的心
写尽清愁的感慨

只需一点点土壤
种子便生根发芽
给秋天一个念想
即使再小的空间
依然是梦的开始

四季的辛苦付出
都是对秋的尊重
更应该从内心去
感谢每位劳动者
他们无贵贱之分

收获的粒粒谷子
繁衍了无数后人
别把它落地成灰
馈赠艰辛和无私
感慨繁华的美好

面对生命的秋天
让秋曲散在风中
看人间花开花落
望天上云卷云舒
让年轮优雅更替

秋的味道格外香
从芬芳泥土中来
从咸咸汗水里滴
从厚厚老茧脱落
从清香文字呈现

一阵秋风一片黄
一场秋雨一层凉
一段流光一缕情
一瓣落花一脉香
一份淡泊一分静

享受着淡淡的风
悠闲地陪伴着雨
珍惜所有的时光
盼来年更美的花
续写秋天的故事

十 月

十月的太阳

和煦衬托辉煌

金风伴着飒爽

十月的军营

仍以整齐的方队

回答外面的喧嚣

十月的空气

流动着花的芬芳

华夏大地成了花的海洋

十月的军营

以永恒不变的奉献为旋律

以忠诚和坚定为节奏

十月

是您的生日

我的祖国

红旗在劲飘

国歌在回响

即刻脑海里升腾起无数的遐想

田野上彩虹高架

醉人的稻香

飘进祖国母亲的鼻腔

果园里硕果累累

熟果的琼浆

沁入祖国母亲的心房

天安门前

全国各族兄弟姐妹花团簇拥

为您欢庆

祖国

我亲爱的妈妈

您听见了吗

悦耳的竹笛声

醉人的钢琴声

粗犷嘹亮的号角声

祖国

我亲爱的妈妈

您看见了吗

广场上

五十六个民族载歌载舞

婀娜多姿沁人心脾

啊，祖国

您从小到大

由弱到强

圈圈年轮为您勾画出

轮轮金灿灿的太阳

圈圈年轮为您描绘出

年年辉煌的梦想

怎能忘记啊

一九二一，神州大地响起了惊雷

一九四九，首都飘起了五星红旗

怎能忘记

十年动荡给您留下的累累伤痕

十月的春风给您带来的无限生机

这是多么惊心动魄的壮举

昂首吧，祖国

您将会看到一个历史的新纪元

阔步吧，全体官兵

您看江河大地上又吹来了十月的风

送来了党的十九大赞礼

冬天来了

驮着秋天的倩影

携带自己的专一

把季节剪接成诗

目光温润又亲切

韶华流溢而素雅

古朴迷人的风韵

满天飞舞的白雪

任时光在岁月里

聚焦所有的虔诚

描摹淡雅的情调

生活重叠的日子

在阳光的普照下

来了去去了又来

四季轮回的光阴

在风雨的陪伴下

去了来来了又去

在这不知不觉间

秋天褪去了色彩

山岳淡化了妩媚

江河停止了流动

尘世繁华已落尽

日月显现出真情

渐渐失去了清香

天地露出了本性

回首往日的岁月

有时如梦又如醉

不责怪秋的热闹

扰乱了原有的思绪

不诘责秋的色彩

填满了聚焦的双眸

秋华已经落幕

冬日又开始登场

冬天就是如此

简单而又率性

纯粹而且执着

没有秋季的彩墨

却渴望在沉默中永生

就让我们相约在冬季

积攒最朴素的情怀

品尝最真实的味道

走过春季的温暖

拥过夏季的热情

醉过秋季的浪漫

闻过春天的气息

尝过夏天的炎热

看尽秋天的丰盈

让我们相约冬季

捧一把皑皑白雪

携一缕清风阳光

度一段如歌岁月

冬天的美最丰富

也最简单明了

豁达中含着大度

一直沉默不语

冬天的美最安静

沉着若冰似水

安然幽静

冬天的美最斯文

既含蓄优美

又高雅自然

藏得了热闹的冬季

淡化了花瓣的艳丽

一颗素雅的清心

被单调的柔性

烙印成简单如一

容得下寂寞的冬天

映衬出世间的简美

满腔驿动的心思

被坚韧的力量

镌刻成坚强如初

又一束耀眼的暖阳

透过云层的缝隙

捎来了久违的问候

让我们相约在一起

念寒风傲骨的个性

赏白雪皑皑的净美

让我们相约在冬季

守护着彼此的情分

聆听春姑娘的号角

雪 花

满天的雪花

在期盼中

洋洋洒洒

铺天盖地

纷纷扬扬

轻盈飞舞

飘飘悠悠

白了山岳

白了江河

白了世界

满天的雪花

像蝴蝶

似柳絮

如精灵

在天空中

不断展现

清纯浪漫

美轮美奂

缥缈唯美

风华绝代

满天的雪花

美的优雅

静的安然

清的纯真

让人深情地想起

岁月的美好

冰河上的笑声

滑雪板上的舞蹈

堆雪人的欢乐

冰激凌的凉爽

走在雪地里

白雪已皑皑

看雪随风舞

雪花展芳姿

双眸被柔软

情是风中爱

心似雪花纯

情已难自禁

低头闻着雪

雪香亦盈袖

静坐雪地中

放空心扉

听风的狂呼

雪落的妙音

看雪在飞舞

雪的情愫

雪的曼妙

雪的神韵

雪的盛大

心也安宁

小坐一隅

心闲一份

一片飞雪

一份心境

一种幸福

一份美好

一种悠然

一份欢喜

一种情缘

一份优雅

观雪听禅

清欢惬意

风来雪舞

雪随风落

读雪的诗词

听雪的欢歌

品雪的韵味

看雪的痴情

佛念心中起

静享好时光

喜欢雪的品德

雪的宁静致远

雪的悄无声息

雪的一尘不染

雪的性格

把铅华埋藏

将清白尽展

亲吻一把雪

雪很惬意

我更惬意

英雄本色

我承认

在物质和金钱上

我们是捉襟见肘

但我们仍为自己的选择

感到骄傲和自豪

我承认

在恋情和亲情上

我们更多的是思念和牵挂

但我们仍为自己的选择

感到伟大和自信

我承认

我们向往五彩缤纷安逸的生活

更希望国人不再饱尝战乱

祈盼天下所有的人

享受永久的太平

我承认

我们酷爱和平

祈祷花草、山川、河流欣欣向荣

更希望自己的祖国

一步步走向繁荣和富强

我承认

在小家庭的建设中

我们更多的是内疚

但我们更愿誓做国门的勇士

为和平奉献无悔的青春

虽不能亲手装扮家园

但却要用雄性的双肩

捍卫祖国母亲的尊严

为天下所有的妻子和孩子

撑起永远的蓝天

瞻仰人民英雄纪念碑有感

笨重的手铐和脚镣

震响了晨曦

再次验证了敌人的狰狞

盛开在刑场的杜鹃花

撒落了一地

只为覆盖战友的身躯

抬头望您

我泪已流干

心中的积愤再次燃烧

仰头大笑

笑冰冷的铡刀废铁一柄

只配去铡马料

仰头嘲笑

笑镣铐笨重苍白无力

歇斯底里

仰头怒笑

笑野蛮和愚昧怎能禁锢

真理的光

我的战友

你们倒下了

倒下的只是挺直的躯干

我的战友

你们倒下了

倒不下的是坚强的信念

远方隆隆的礼炮

已经奏响十月的辉煌

心中的烈火在血管里燃烧

多想再次紧握钢枪

全副武装在你可爱的家乡

为你们的壮烈高歌一曲

你们这群不老的雕塑

不管岁月的风雨如何

都摧不掉你圣洁而又朴素的愿望

你们这群不老的雕塑

就像蓝天下飘扬的五星红旗

永不褪色高高飘扬

你们这群不老的雕塑

你只会让瞻仰者更多的想象

把年轻的诗章融进崇高的理想

晨 练

是谁的脚步声

震醒了松枝上

沉睡的露珠

悄悄地

轻柔地

唤醒我昨夜的梦幻

是谁的口令声

吵醒了军营不远处

昂首挺立的界碑

威武地

庄严地

捍卫祖国母亲的尊严

是谁的操练声

那样的雄浑

高亢而有力

一个充满希望的早晨

被练成一片亮丽

一片清爽

边关情

边关的风啊

怎么这样的轻柔凉爽

是否因为我的到来牵动了您的心扉

边关的雨啊

怎么这样的缠绵甜润

是否因为我的苦练感动了您的双眸

边关的月啊

怎么这样的皎洁明亮

是否因为我的帽徽给您增添了光辉

边关的太阳啊

怎么这样的艳丽温暖

是否因为我的肩章衬托出您的炽热

边关的山啊

怎么这样的秀丽壮美

是否因为我绿色的戎装给您以点缀

边关的水啊

怎么这样的欢快流淌

是否因为有我的歌声给您做陪伴

边关的人啊

怎么这样的无怨无悔

是因为有我们强大的祖国做后盾

烈士塑像

本只想做一块铺路石

珍藏人间的悲壮故事

但历史却把你浇铸成

一尊砥柱中流的塑像

身旁盛开的串串花艳

恰似顽敌射出的弹火

周围耸立的沙沙松涛

可是烈士冲锋的造型

又如石头一样的朴素

占据中华儿女的心灵

我愿和妻儿与你共同

守望在祖国地平线上

国　徽

一道金黄色的齿轮

承载着中华儿女无数的

梦想与憧憬

记载着祖国母亲眸子里的

斑驳岁月和沧桑

当铿锵的进行曲

再次回响耳边时

全身热血沸腾的我

再也抑制不住心河

眼眶又一次被您打湿

站在国徽下

内心被您的底色所牵引

您放射性的齿轮

与太阳的光芒永远辉映

随时为奋进者送去力量

只因为有您

中华儿女的脸上

时刻写满尊严与自豪

只因为有您

国家才能屹立于世界之林

抒写北川

拭去眼角的泪

翻开厚厚的相册

再次回眸昔日的您

雄伟秀丽的高山

绿色如茵的植被

清澈见底的河水

美丽和谐的村庄

喜笑颜开的人们

四面八方的游客

但在黑色的 5 月 12 日

一场大地震

无情地摧毁了您的全部

刹那间

您的躯体被肢解

您的容颜被毁坏

繁华的闹市成了死城

高楼大厦夷为平地

数万名同胞失去了生命

这一次

是您把祖国母亲的心揪紧

也是您给可爱的军人

出了一道难题

尽管公路塌方

山体滑坡

通信中断

补给困难

却无法阻挡军人向您挺进的坚强步伐

尽管风雨交加

雷电相伴

泥石滚滚

余震不断

但我们最可爱的军人

翻山越岭不怕艰辛

用双肩筑起钢铁长城

用双手托起灾区众生的希望

用忠诚为祖国母亲分忧

残垣断壁下

军人用双手

奋力抠出了多少个生命

崎岖山路旁

军人用双肩

扛出了多少个受灾群众

您看见了吗

这就是军人的忠诚

这就是我们最可爱的人

回眸历史

那是 1935 年 4 月

中国工农红军第四方面军长征进入北川

那时的北川

男女老少踊跃参军支前

修路架桥

打通峡谷通道

为红军顺利西进

做出了不可磨灭的贡献

在北川人民的心中

你同样是一位英雄的母亲

虽然暂时没有保护好自己的孩子

但我们始终坚信

在你的勇敢和坚强支撑下

在祖国母亲的关怀下

在不久的将来

你一定会重新雄起

请见证中华民族的众志成城

在烈士纪念碑前

矗立在眼前的
是一块普通的大石碑
但它全身却刻满了
一个个熟悉的名字
我试着数有多少
可含泪的眼睛
怎么也数不清

虽然已是严冬
白雪和寒风早已光临
但在碑前的石径上
依然整齐地摆放着
从四面八方沓至的鲜花
我用手抚摸着这冰凉的大石碑
胸腔又一次被激情燃烧

也许
碑下还有沉眠的战士
穿透战士胸膛的子弹

割断英雄血管的弹片

或许根本就没有任何遗物

但人们对你的敬重

只有化作无尽的哀思

夕阳下

一位满头银发的老者

手捧着鲜花站在碑前

低声呼唤着一个个名字

他摘下军帽鞠躬

不小心碰破了泪囊

抽泣着、沉默着

我们出发

晴朗的天空

又传来大海拍击海岛的顽强

送来了"请帖"

请不要因为大海的浩瀚

而感叹自己的渺小

听见了吗

大海正向你召唤呢

正敞开胸怀迎接我们

那咆哮的吼声

不正是你对理想唱起的歌吗

看见了吗

大海上闪烁的金光

正是你早日的梦幻

那飞掠于浪尖的灰色精灵

不正是你拥有的英魂吗

大海坦率而勇敢

大海宽广而坚强

但它也有困惑和忧郁

它深知前方还有许多暗礁

但却不会轻易放弃自己的追求

朋友

我们赶紧扬帆出发吧

让海风来为我们助阵

让鸟儿来为我们歌唱

让大海感受我们的热情和奔放

送战友

亲爱的战友

让奔涌而出的泪水尽情地流淌

让这难忘的时光永恒地定格在

枫叶染红雪片铺满大地的初冬

让依依惜别的战友情永远融入

南来北往东横西竖的站台口吧

亲爱的战友

假如逝去的时光能够再次倒流

就让岁月去书写在一起的理由

假如此时此刻的时空能够顺延

就让军营生活随你我踏上征途

亲爱的战友

人生征程难免相识相知再离别

相视一笑互相拥抱再潇洒挥手

训练场摸爬滚打写尽两载风流

宿舍里促膝谈心关于未来梦想

亲爱的战友

请在这分别而又难忘的日子里

用你我颤抖的双手擎起这酒杯

让我的祝福挂在你起程的桅杆

执着地送你踏上人生的新旅途

给边防卫士

你总是把钢枪握得紧紧
站立成一尊千年的雕像
为国人编织一张安全网
用勇敢无畏的情形回答
和平与繁荣的所有提问

走过边境哨所的交叉点
览一眼祖国的繁荣新貌
随时击碎入侵者的幻想
用一杆枪的力量去捍卫
国家的领土完整和地位

你就像是一棵无名小树
占据着边境的某个位置
透过那深邃苍穹的帷幕
聆听着母亲脉搏的心跳
那是你平生第一次流泪

而你更愿意做一把烈火

焚烧那罪恶的战争烟蒂
但愿数千公里的铁丝网
能连起不同的肤色声音
筑起永久的友谊和真情

每每目睹你刚毅的神态
清晰轮廓就像中国版图
看不到你的柔情和蜜意
用一双紧握钢枪的铁手
构造世代而永久的安宁

总想从你的双眸中读出
写满正义和诱惑的神情
寻找生活或人生的真谛
但牺牲与奉献的主旋律
只为他搭建和平的舞台

你总把太多焦渴的期待
镌刻在你那刚毅的脸上
作为活着的真谛和价值
从此不论倒下还是站立
你都是一片绚丽的风景

明天，为你送行

两年前的那天

你正好十八岁

你怀揣憧憬

带着几分天真与可爱

执着地踏上北上的列车

寻找那绿色的梦想

也是从那天起

你懂得了

肩头上的重任

与手中钢枪的分量

理解了

军人的深刻含义

也是从那天起

你懂得了

五星红旗

为何能在世界的东方高高飘扬

体会到了

祖国母亲的伟大与崇高

还是从那天起

你懂得了自己的使命

队列中有你坚定的步伐

一声声向远方亲人诉说

那是一条永远向前的路

一条让你流血流汗的路

还是从那天起

你的脸上写满了坚毅

顽皮幼稚在你脸上逝去

老茧的手打出标准军礼

父亲从成熟的脸上看到笑意

母亲从军礼中读懂了赤子心

训练场上

你矫健的英姿

日光灯下

你苦苦耕耘的身影

党旗下

你那紧握的铁拳

领奖台上

你难得的笑意

战友间

团结的亲如兄弟

一切足以证明你写下的

是无悔于昨天的回忆

两年后

你我分别于南下的列车前

你于心不忍还是回眸了

与你同训练同学习的兄弟

期盼你用军人的魂魄

再次塑造明天的辉煌

别了，军营

当岁月的航船刚刚驶过

生命中的第二十道港湾

你毅然踏上南下的列车

回到那惜别已久的家乡

掰开手指头认真算了算

人生中又有多少个两年

此时的你我能够为圆这

绿色的梦想而感到欣慰

忘不了刚穿上绿军装时

心里的那份纯真和幼稚

忘不了离家时双亲洒下的

那颗颗难分难舍的热泪

忘不了紧张而又艰苦的

部队训练、工作和生活

忘不了辛酸苦辣执着的

创作之路

忘不了一辈子值得珍惜的

亲如兄弟的战友情

不能忘记连队给你的

温暖和快乐

不能忘记部队给你的

成熟和果敢

不能忘记军营给你的

知识和力量

你即将离开部队

走向社会

走向微笑着的人群

走向曾经养育你十八载的母亲怀抱

老兵请慢走

请你再回头望望

那整齐的营房

再行一个军礼

再见了，小白杨

在冬季

班长最后一次

给他亲手栽种的小白杨浇了一桶水

在班长那深情的目光中

我们接过了那只桶

两年后

也是在冬季

我们像老班长一样

给小白杨浇了一桶水

然后把桶交给了新兵

战友

今生注定我们有缘

直线加方块的绿色氛围

三公里越野和四百米障碍中

我们同度两载

战友

让我们再唱一次《当兵的历史》吧

七百多个不平凡日子的奋斗

风霜磨砺中

我们变得刚毅成熟

回首过去

就让我们站在高山之巅自豪地呐喊

军营的年华我们没有虚度

泪花闪烁中

亲手栽种的小白杨在对你深情挽留

战友啊

你已是一名铮铮铁骨的男子汉

在如今的改革大潮中

你定能一展抱负

大显身手

别情悠悠
——写给即将退伍的老兵

忘不了，曾经与你一起

默契地完成一套优美的

充满男子汉的战术动作

博得观礼台上掌声回荡

忘不了，曾经与你一起

紧握钢枪共度每个漆黑

伸手不见五指头的夜晚

而感觉到黑夜如此短暂

忘不了，我许下的诺言

在踏上列车离去的那刻

会一直微笑着为你送行

将友情写满你泪流的脸

而今，你真的要离开了

我却忘记曾许下的诺言

带有咸味的泪又悄悄地

爬出了眼眶爬到了脸上

而你，依旧是笑容满面
但却是那样的勉强忧郁
看得出你同样是在追忆
你我共同度过的好时光

致恋爱中的少男少女

恋爱中的少男少女

你是否感觉到

你现在的日子比恋爱前开心

如果你的感觉告诉你心有点累

那我劝你用平常的心单色的眼

重新审视你的选择

以免让那枯黄的日历

再续上青苹果汁

恋爱中的少男少女

你是否感觉到

你现在的日子比过去更压抑

如果你的感觉告诉你不如从前

那我劝你用无所谓的姿态

重新寻找你的未来

以免让那本不属于你的苦恼

再次挤压你的神经

恋爱中的少男少女

如果你的感觉告诉你

现在的你很幸福很开心

那我要劝你赶紧收回你那驿动的心

好好珍藏和爱惜

生活是现实而又艰难

爱情是多味果

既有甜蜜还有苦涩

需要呵护更需要用心去打造

读懂自己
——写给高中生

额头上留下的疤痕

一直都无法消去

日月轮回了多少年

都不曾有谁发现

因为有乌发遮盖

而今

寒窗十二载的学子

将全部接受六月的考验

只有扎实的基础

才能彻底征服试卷

你已深知学无捷径

勤劳方能补拙

再次忘却六月无情的抛弃

化作脚踏实地的动力

笑对下一个更美丽的六月

友人来信

友人来信了

捎来了一小盒茶叶

我把它带到

分别时去的茶馆

我独自一人坐下

泡上一杯慢慢品尝

虽然有点苦

但感觉还是清香多些

窗外有雨落的声音

顺着茶气的飘升

我的思绪

再一次被躁动

感觉友人来到

与我面对而坐

但中间却守着

一条很宽的河

茶水由浓变淡

心情由急躁变得平静

感觉平生第一次真正

品出了茶的味道

孤寂化作茶水

淙淙地溅起微笑

嗬，茶馆

从此又多了一个声音

晚自习速写

酸痛的鼻梁上

眼镜还没来得及摘下

急促的下课铃声

早已把老师讲的思路甩掉

一起挤向教室门外

走廊上立刻堆满了

疲倦的影子和长长的哈欠

甩一甩胳膊揉一揉眼

此刻的晚风

凉凉爽爽轻轻柔柔

有人惬意地放飞心事

晚上不用上自习课

高考题是任课老师出

不用考试就可以上清华

上课铃声永远不响

突然校园里铃声大作

饥饿的眸子还在欲望不断

不知是谁惊呼狼来也

仓皇奔跑跳进了教室

呼吸急促且喘息未定

书被翻得哗啦啦地响

钢笔尖反应敏感爬着格子

威力牌灯泡又开始板起面孔

强烈地施展着威力

镇压每一个懒惰的细胞

松 树

在村口

你一直站立着

就像我那经年累月操劳的父辈

死死地把持着这个家

你那挺拔的身躯

不知迎来了多少个日出

站落了多少夕阳

你用圈圈年轮

记载着我家园的四季

即使是在大雪纷飞的日子

你依然挺立

让大家感到

自己眼前的路永远平坦

脚下的路永无止境

你每天都在倾听

村里飘出的歌谣

即使是孩子们上学了

你还静静地站在村口

默默地等待

孩子们的平安归来

在从军的日子里

我总会想起你

希望从你的身上

汲取更多的营养

其实理解了你

也就理解了

那黄土地上辛劳的父老乡亲

山　路

一截泥泞之路

一条颠簸之路

一段历史的回忆

几辈人的沉思

几代人的奢望

山路依然崎岖不平

孩童长大了

山里人逐渐老去

唯一不变的还是那条山路

终于有一天

几个壮实的后生

感到山路的窒息

于是，烈日下

一群大锄铁锤

敲响了山路的那一头

有风的日子

风

还在任性地刮着

把后山的树林折腾了一夜

我那被岁月禁锢的念头

也再一次被怂恿

跌跌撞撞

雨

还在肆意地下个不停

湖边的柳枝早已没了舞动的兴致

我那被岁月遗忘的心思

又一次坠入湖心

点点忧伤

船

顾不了太多驶出了码头

被狂风暴雨野性地驱赶着

我那心中留存已久的萌动

跌落在茫茫的港湾

与水花一起漂泊

信念

再一次整理

与船绑在了一起

借风雨的力量

将一路的艰辛抛向大海

把成功的希望寄托在前方

牧 童

初秋的夕阳虽迷人

但被大山灌多了酒

全身泛红酩酊大醉

跌跌撞撞溜下了沟

手搭凉棚眺望远方

骑在牛背上的牧童

踏夕阳烧红的河床

唱着小调胜利归来

由远及近传来阵阵

清新而悦耳的笛声

醉倒了牧童和路边

炊烟袅袅的小山村

举杯的时候

拥抱的时候

骨子里的血液

像脱缰的野马

千万根神经

勾勒出昔日的全部

挥手的时候

深邃的眼睛里

不见遥远的岸

四眼小溪

流出一脉芳香的记忆

别离的夕阳

落在那三横两竖的背包上

把影子拉得很长

从此拖去了

一颗疲惫的思念

错

一双轻盈的脚步

正悄悄地走近你

你非常想留住她

但你却缺乏勇气

当脚步声远离时

才感到后悔莫及

日历一张张撕下

时间一分分逝去

望着镜中的白发

你痛苦地觉察到

自己编织的美丽

就错在那一瞬间

小 船

平静的日子里

把所有的心思

寄托在用心折叠的小船上

天渐渐晴朗了

装满所有憧憬的小船

开始下海了

船帆升起了

装载着亲人祝福的小船

驶出了港湾

大海起风了

在海鸥的护送下

小船终于驶向理想的彼岸

我是一棵庄稼

我是一棵庄稼

一棵自由生长在

红土地上的庄稼

随时接受阳光的洗礼

我是一棵庄稼

一棵生长在妈妈

责任田里的庄稼

内心流淌着不安分的躁动

十八年后

妈妈把我从责任田里

移植到祖国的长城上

从此我把根深深地扎进军营

训练之余

驿动的心缠绕笔尖

一边写着稿子

一边解着方程

八月是收获的季节

我收到了三年苦候的通知书

在院校深造的日子里

我每天都有着惊喜

毕业之后

无论自己将走向何方

都不会忘却

我是妈妈亲手培育的家乡的品种

真 爱

曾以为乌云过后一定是晴天

来安慰自己

想以此忘却对你的回味

曾以为离别过后一定会相聚

来抚慰自己

想以此减轻对你的思念

曾以为有梦想就一定有奇迹

来告慰自己

想以此冲淡对你的依恋

南飞的小燕子应该不会忘记

曾经的默契和感动

因为最幸福的感觉已经找到

南飞的小燕子应该不会忘记

往日的约定和誓言

因为最坚强的决心已经萌动

南飞的小燕子应该不会忘记

既定的理想和追求

因为最美好的蓝图已经描绘

其实肢体的折磨真算不了什么

残缺的躯体击不垮对爱的执着

因为身残只会志更坚

其实离别的煎熬也算不了什么

岁月流逝淡化不了对爱的专一

因为陈年好酒味更香

其实思念的苦痛更算不了什么

最苦的相思也只会为真爱低头

因为纯洁的爱更疯狂

清零过往

时光似星转眼即逝

岁月如梭一闪而过

没有一个黑夜不走

没有一个黎明不来

把过去停留在过去

把曾经尘封在心底

不强长久不强留情

无法左右的则随缘

已经离开的送祝福

让你疲惫的请看淡

困扰于心的要释怀

余生不强求只随意

在乎的越多越烦恼

想要的越多越疲惫

计较的越多越消沉

争夺的越久越心累

多自给快乐和轻松

幸福地活在这世上

要想轻松就得放下
要想快乐就要简单
要想幸福就要知足
要想舒服就得宽容
要想拥有就要付出
要想尊重就得自重

人生之路无法预料
只有经过岁月洗礼
不断付出不断感悟
不断积累不断超越
才能练就过硬本领
余生一定过得从容

繁杂琐碎的四季中
不荒废眼前的美好
如果你看透了人生
你也就看淡了财富
就会觉得快乐常在
其实幸福就在身边

幸福是自己创造的
珍惜眼前看淡一切
感情是命中注定的
去留随缘绝不纠缠
始终以平常心面对
你的过往你的将来

时光似曲无言的歌
让生命的脉搏流淌
把或喜或忧的过往
温润深沉穿过年轮
不给余生留下伤感

只为未来再弹旋律
认真总结你的过往
把往事停留在过去
把美好永记于心间
认真筹划你的未来
时光运转初心不改
不负韶华只争朝夕

信 念

驾起我那

铁牛一样的旋律

驶进苏醒的原野

犁开隆冬的帷幔

将春的淡妆素裹

折叠成汩汩祝愿

装扮大地的容颜

挥动我那

结实有力的双臂

荡起理想的双桨

拨开夏日的灼热

收取一束束阳光

积蓄成无穷能量

做好随时地释放

激起我那

富有激情的头颅

打开想象的空间

编织一秋的梦想

将思绪再次点燃

汇聚成股股希望

赠予拥有信念者

新的序言

每一个记忆

都有我坚强的回味

每一段征程

都有我铿锵的信念

当生活的概念

在我心野趋向成熟

我又拥有

一颗闪闪的星星

二十三个太阳

叠起二十三座丰碑

新的一年

是再度鼓起风帆的港湾

如果希望不再是

一个圆满的结局

信念将不是一块

有风有雨有太阳的芳草地

二十二岁的结尾之曲

也许编织得并不美丽

清晨我开始播下来年的种子

宣告我有新的序言

黎 明

公鸡最后一声鸣啼

惊落了晨曦里

镶嵌在天幕上的星星

丝丝凉意的晨风

轻轻地推开了

农户家所有的门窗

鸟儿出窝了

鸡儿觅食了

放牛娃被尿憋醒了

村前那条弯曲的小道上

飘荡着

牧童坐在牛背上哼着的小曲

远方一垄菜地

一位大伯正抡起大锄

敲响了晨之钟声

新的一天的序幕拉开了

生活又将

溢出醉人的芳香

黄昏写意

夕阳驻足在窗外的树梢

往事无头绪地奔涌心头

咀嚼了很久的那份寂寞

终于从胸腔处喷射而出

弥漫在薄暮的金黄之中

睫毛下有泪无声地流淌

顺着两口小眼悄然滑落

嘴角边的咸味开始追忆

逝去的剪影在枝头放映

那是童年时心中的点滴

黄昏之中再次隐约听见

母亲呼着乳名唤我回家

山路上已见魁梧的身影

父亲推着土车送我上学

尘土飞扬中我泪雨滂沱

初夏的夜风有一些微凉

双亲的脸庞再一次显现

我是双亲的继续和翻版

明天的太阳将再次升起

我将驾起生命之舟远行

小 溪

你从

不愿走宽阔的大江

也不羡慕碧绿的海洋

你只想伴崎岖的山沟

你从

不贪图丰茂的高山

也不羡慕沙滩上的富有

只依恋有些干旱的大地

因为你知道

只有到最需要的地方

你的生活

才更有意义

读《诗词荟萃》有感

读《诗词荟萃》中的一首诗

其实就是读作者的心

虽然短小精悍

但同样具有生命的内涵

读《诗词荟萃》中的一首诗

其实就是读作者的情

虽然不那样的情深义重

但同样具有对绿色的执着

读《诗词荟萃》中的一首诗

其实就是读作者的经历

虽然有笑也有泪

但这就是人生的真谛

读懂了《诗词荟萃》

其实就读懂了作者的梦想

就能体会到美妙的音符

和谐的韵律和纯真的友谊

读懂了《诗词荟萃》

其实就读懂了作者的人生

就能读出作者苦苦追求

把毕生的精力投入事业的崇高

在《诗词荟萃》的陶醉下

我也开始抒写人生

回味军营的点滴

再次激起那敏感的创作神经

读《散文随笔》有感

走进《散文随笔》

那浓浓的乡土气息

脉脉的亲情和友情

拳拳的感怀与思念

体现了作者对生活的

热爱和追求

朗读《散文随笔》

那清新活泼的语言

不拘一格的表达形式

跌宕起伏的故事情节

激励着每个读者对军营的

向往和执着

感叹《散文随笔》

那精美简练的点评

不厌其烦地反复修改

不为名利不计报酬地工作

无不体现了编辑们的

孜孜追求和无私奉献

乡村小曲

贫穷落魄的遗迹

早已经荡然无存

阡陌纵横的景致

尽情地舒展眼帘

我登高远眺

只想寻找那支心曲

喜见田间的水稻

满地的油菜花

正用铺陈的手法

特夸张的形式

将片片绿缀饰在

碱性的红壤地上

那暖烘烘的太阳

喜迎春天的到来

大地脱下了雪衫

露出赤裸的形象

淅沥的春雨为柳枝

萌发了绿色的专利

欢乐的小溪边

蒲公英透露春的消息

小鸟的鸣啼

在空中自由地抒情

小黄狗伸着懒腰

在清香醉人的草地上戏耍

一望无际的田野上

有犁在耕种和人的勤劳

朝霞普照的晨光中

有一群牧童骑在牛背上

悄悄地惊醒了

田野上那湿漉漉的芬芳

一首唱不完的歌

寺庙的钟再次响起

路边小草披上露珠

你拖着疲惫的双脚

支撑着困倦的眼神

在月亮相伴的夜晚

踏着星星庄重晚归

此时寂寞袭上心头

你情不自禁地希望

远处有你爱的女人

焦急盼顾的一双眼

渴望孩子们的笑声

卸下沉甸甸的行装

风儿清爽月牙高高

身疲脚重夜露滴滴

依旧是昨天的风景

黑板加粉笔和课桌

依然是你今生今世

永远不改变的主题

崎岖蜿蜒的山路哎
记载着艰辛和欣慰
四周很静思绪飘然
路漫漫而其修远兮
逝去的不只是求索
还有首唱不完的歌

信手点烟烟雾淡淡
似乎笼罩着一点点
安然的暖意和曙光
突然你发现夜已深
而路在脚下依旧是
渐渐深远渐渐悠扬

秒 针

一生的信念

全都被他人

禁锢在盒子里

以头颅为定点

以身躯为定长

画着永远等同的圆

嘀嗒的响声

只为他人鸣

是在宣泄抗争

是在倾诉委屈

其实是在告诫那些活着的人

千万不要浪费时间

人生是一支歌

鲜花是你的点缀

坎坷是你的道路

悲痛是你的力量

理想是你的追求

鲜花点缀时

你正从幸福中走来

坎坷出现时

你正从荆棘中站起

悲痛降临时

你正从磨难中挣脱

理想实现时

你已孕育着新的希望

你的泪水

不会轻易地流淌

你的笑声

永远不会消失

你告别了一个驿站

又一个驿站

你攻克了一个难关

又一个难关

人生是一支战斗的号角

既然已吹响就不该停下

目标在前

选择没有余地

人生是一支永不停歇的歌

歌唱着我们的生活

歌唱着我们的祖国

歌唱属于我们的每一天

清晨偶拾

风儿

犹如水一样的清爽

薄雾

游丝般弥散着整个大地

村庄

静谧得如一尊沉思的淑女

一阵浑厚的

牛蹄声

从简陋的茅草屋

传出

把宁静的小村庄

叩醒

没睡醒的放牛娃

提着大裤衩

光着小脚丫

背着黑草帽

沿着祖祖辈辈用汗水浸透的田垄

消失在一片甘蔗田

老牛自在地品尝着嫩草

茫然不知

碰碎了

滴滴露珠的梦想

惊醒了

晕晕乎乎的蛐蛐

树枝上

晃动着

两只小脚丫

满脑新奇

居然忘了

贪吃的老牛

直到

大嗓门的女人的叫喊

才慌忙跳下

留下了

黑草帽挂在树枝上

随风晃荡

离 别

当第一次秋霜降落又消融

当第一片枫叶变红又凋零

当最后一个拥抱变成永恒

一群无法改变忠诚的士兵

结伴留恋在营区的丛林中

努力寻找自己昔日的作品

春姑娘不会忘记这群士兵

他们在这把棵棵幼苗栽种

轻轻为小树抖落寒霜风尘

夏小伙不会忘记这群士兵

他们在这为小树浇水施肥

期待着小树每天茁壮成长

秋叔叔不会忘记这群士兵

他们在这为小树修枝整容

为的是让它积蓄冬的热量

冬伯伯不会忘记这群士兵

他们在这为小树大声歌唱

歌唱小树年轮记载的辉煌

如今这群士兵就要离开了

他们捧着边疆土彼此分送

带不走的山泉留给了小树

再看一眼枝繁叶茂的小树

再敬一个苍劲有力的军礼

再道一句深情含蓄的祝福

当春天再一次来临的时候

我们一同在阳光和绿色中

走向更美丽更壮阔的春天

静 听

大地如此沉默

比梦更加深远

在声音的尽头

比远方更难捉摸的明天

耗尽了

疼痛灵魂下的一些私语

生命如此不定

比陨星更短暂

更多的时候

我会选择屏息静听

不放走

心窗旁飘过的每缕风声

重新穿上军装

在方格稿纸里

梦想默默开放

声音的颗粒大小不一

有时渗入心底

将共鸣和激动撞成内伤

平静的岁月里

通过静听

可以明白许多事理

不平静的日子里

通过静听

可以挖掘许多灵感

晨 曲

袅袅炊烟冉冉升起

升过绿意浓浓的山顶

挑起睡眼惺忪的太阳公公

点点日光慢慢照亮

照亮了屋里边的小床

弄醒了勤劳的放牛娃

一根崭新的尼龙绳

拴在老母牛的脖子上

惊醒了贪睡的小牛犊

小牛犊伸了个懒腰

哞哞地叫了几声

像一首动听的歌谣

村前的小河边

老母牛安详地吃着草

小牛欢快地追赶着蝴蝶

新的一天开始了

一部活泼的童话

就这样自然而然地诞生了

岸

你始终坚守

现在的样子

弯着腰且驼着背

用牙死死咬住沉默

用手指紧紧抠住坚定

任凭海上织出怎样美丽的风景

也不会向前迈出一步

你始终厮守

现在的位置

高擎自己的信念

在寂寞里寻求充实

在充实中寻觅慰藉

海说我五光十色

岸说风景全是虚无

牵 挂

父母的翘首以盼

是牵挂

朋友的深情问候

是牵挂

爱人做的可口饭菜

是牵挂

送儿女远行的目光

是牵挂

一张牵挂织成的网

牵动着彼此的心

增添了情感的寄托

牵挂是一种温暖

如冬天里的暖阳

牵挂是一种甘甜

像沙漠里的泉水

牵挂是一种幸福

是对真情的守望

牵挂是一种共振

是两颗心在同频

牵挂是一种慰藉

是情感的再升华

也有莫名的无奈

牵挂是灵魂的絮语

是心灵的对话

牵挂是真情的流露

是纯真的期盼

牵挂是内心的惦念

是真诚的表白

牵挂是殷殷的关怀

是深情的呵护

牵挂是拳拳的祈盼

是最美的祝福

更是真善美的浓缩

漫漫长夜里

星光在闪烁

月影婆娑下

剪下寸寸相思

放于夜色中

敞开心扉

忆起段段往事

呢喃一语

捎去最真的问候

牵挂于心

天涯咫尺

牵挂是世间最温暖的情

如一缕阳光

温暖四季

牵挂是心间最真情的意

像一股清风

心情舒畅

你牵挂的人

需用心珍视

牵挂你的人

要倍加珍惜

其他都是过客

秘 诀

科学运动会长寿

积极劳动更健康

正直之人德行好

成在于持之以恒

败在于抓而不紧

富在于努力创新

在人生的道路上

每个人都想找到

成功的快捷方式

其实就在于自己

那就是老实做人

踏踏实实地做事

贫　穷

一个人再穷

也要有志气

一个人再苦

也要有骨气

只要心不穷

就不会腰弯

只要头不低

就不会骨软

贫穷的本身

并不太可怕

可怕的就是

贫穷的思想

一旦有了此

便失进取心

永远走不出

失败的阴影

真 心

口若悬河

撑不起地久天长的诺言

留不住海枯石烂的誓言

虚情假意

换不到他人对你的真心

得不到想要的那份真情

纸上谈兵

再好的方案都是废纸一张

最美的愿望都是痴人一梦

微笑人生

世界上的路很多

人生就像一条路

人生之路可谓多

但却没有相同路

各个阶段有差别

只有一条属于你

你我行走在路上

用脚丈量着长度

每个脚印体验着

有孤独也有经历

有领悟也有收获

但无人陪你到头

自然路有直有弯

人生路有平有沟

有荆棘亦有风景

哪条属于你自己

只有你自己去选

都是你一步步走

走自己选择的路

不后悔也不回头

如果选择了正道

你可以坦途朝天

如果走向了歧途

愿你能逢凶化吉

路漫长变数亦多

稍有不慎易走偏

人生蹉跎有意外

人生坎坷会迷途

实地遭遇风雨后

也会变成泥泞路

做一个乐观的人

多收获快乐幸福

即便洒下泪与痛

也要把心淡然过

平凡平庸地走过

也是完整的跋涉

有的人取得成功

有的人走向失败

有的人收获幸福

有的人痛苦一生

人生路就是如此

总让人不可思议

把人生当作旅途

不乏山川的壮丽

把人生看作赌注

不缺凶险之磨砺

更有花红柳绿及

人生的得失相随

如果你拥有自信

就勇敢地去征服

包括自己和自然

如果你选择胆怯

只会让你找不到

你想象中的目标

把人生当作苦旅

承受一路的疼痛

把人生比作漫游

定会欣赏到美景

把人生当作修行

定知生命的精彩

人生路有苦有甜

人生路有明有暗

人生路有曲有直

不管你是否愿意

叩开生命的大门

我们就无路可退

人生路你自己走

没人可以代替你

自信而勇敢地走

累了就歇一歇脚

看看身边的风景

享受生命的过程

人生路贵在坚持

不可一路走到黑

人生路重在自信

亦不可盲目乐观

人生路贵在过程

不可一下到终点

人生如有爱相伴

我们定要懂感恩

人生若有困难来

彼此定要有勇气

人生必定有艰辛

我们必须流血汗

人生曲折而漫长

要想走得顺又畅

必用勇敢和智慧

人生之路有风雨

如果想走出辉煌

就一定不要怕屈

人生是灵魂之迹

人生路就在脚下

笑着接受磨难吧

学会彼此欣赏吧

多做修路架桥吧

我们一直微笑吧

别想太多

人这一生惆怅不少

有不堪回首的往事

有无法抹去的记忆

有的是真情和友情

有的是恋情及亲情

他都时常伴随着你

走过你所有的历程

人的一生烦恼太多

有不少的纠结难受

有很多的误解误会

堆积在记忆的深处

脚下的路越陡越长

经历的人越多越杂

心里装的就越沉重

人本应该无牵无挂

烦恼都是想出来的

快乐都是自己找的

你拥有怎样的心态
生活就是什么样子
活着就是幸福美好
何必如此唉声叹气

每个人的那点心事
都是你琢磨出来的
有的确实不可避免
有的经过妥善处理
也会得到很好解决
如果总是空想乱想
只会增添你的烦恼

活着千万别想太多
啥事都别往心里搁
饱尝了不少的艰辛
经历了太多的风雨
不能执念太深太偏
不能欲望太多太贪
不能漫无目的折腾

毕生不可能太圆满

人生也没有太完美

完美就是要心态好

就是乐观面对挫折

就是要接受不完美

否则委屈了你自己

还折磨了你的身体

做个明白事理之人

拥有一颗自然的心

自己赚钱够花就好

父母健在便要知足

学会控制个人欲望

量身定做人生规划

一步一步努力实现

生命是漫长的旅行

让自己的心静一静

让你的大脑歇一歇

走好当下的条条路

做好该做的件件事

轻松自在地行走着

洒脱自然地处理好

人生的每一段历程

都要用不同的力度

千万不要全部透支

及时卸下你的包袱

迅即调整一下状态

用充满活力的双脚

平稳地走完你一生

总有些往事会回忆

也有些难题要面对

勇于放弃是种大气

敢于坚持是种勇气

把一切都深藏于心

记住你该记住的人

忘记你该忘记的事

有些理想无法实现

有些问题没有答案

有些故事没有结局

而总有一些人永远

只是熟悉的陌生人

可还是在苦苦追求

等待幻想期待无果

世上没有完美无缺

缺憾同样是一种美

不要盲目追求欲望

懂得知足便是快乐

改变你能改变的人

接受不能接受的事

这就是洒脱和惬意

在深秋凉爽的夜晚

泡一杯淡淡的清茶

听自己喜欢的音乐

看一个逗乐的抖音

放一曲欢快的戏曲

读一段深情的文字

放纵你所有的神经

平静地躺在草坪上

享受那温暖的阳光

让暖阳晒除掉疲惫

积攒更多的正能量

吹吹那带湿的凉风

拂去昨日里的阴影

风干你眼角的泪水

在自己家的院子里

搬一把凉椅葛优躺

望一下闪烁的星空

再次挽留阵阵晚风

把心中的寂寞吹跑

把淡淡的忧愁吹散

把满腹的痛楚吹走

如果真的累了困了

就来趟自由的旅行

把所有的心思打包

远离这尘世的喧嚣

去一个想去的地方

一个人静静地呼吸

忘记所有的对与错

余生你就别想太多

也别故意为难自己

活着已经很不容易

何不放下所有的累

借机解开所有的结

真正忘却所有的痛

真实地度过好光阴

人的一生不过百年

生命真正的有意义

不是在于纠结苦闷

而在于过好每一天

别想太多也别太累

放下包袱轻装上阵

迎接更美好的未来

顺心如意

人生过的是一种心情
生活过的是一种心态
活着就会有坎坷曲折
即使不可能一帆风顺
但也要保持好的心情

尤其是处在人生低谷
只有及时调整好心态
才能够过得幸福快乐
既要学会释怀和宽心
还要懂得放开与原谅

对事物的理解和观感
都由你的内心所决定
别让人生输给了心情
心情不是人生的全部
却能左右红尘的始终

生活有低谷也有高峰

人想得到的总是很多
不论生活贫穷或富有
无论是得到还是失去
这一切都是过眼云烟

按照个人意愿去度日
才称得上真正的幸福
最重要的不是你是谁
不是你拥有多少财富
而是你有怎样的心情

生活中少些计较争辩
不与他做无谓的较量
不故意跟别人过不去
学会该过的就好好过
懂得该放的就潇洒放

能合的人一定有缘故
会分的人肯定有理由
不必刻意挽留和强求
岁月给了生活的过程
你要懂得珍惜和拥有

以好的心态活出自己
用加法的方式去爱人
以减法的形式消怨恨
用乘法的格式去感恩
心态平和了事事才顺

其实生活复杂也简单
努力做积极向上的人
把快乐当作一种习惯
世上没有过不去的事
只会有过不去的心情

对自己不要过分严肃
试着发现身边的趣事
让不愉快的成为过去
时刻让生活充满笑声
用你喜欢的方式度过

不要过高地要求自己
也别过分地苛责别人
学会如何给自己减负

千万别让他人的过失

成为我们一生的困扰

我们不要为琐事积忧

也别让你的心情生病

活你想要的一场人生

往后不管你遇到什么

都要以平和心态对待

生活就像是一面镜子

我们是怎样看待它的

它就会如何回馈彼此

我们要时刻感恩生活

永远做你喜欢做的事

失败时多给自己鼓励

孤独时多给自己拥抱

努力让阳光常驻心间

奋力使脚步变得轻盈

余生一定会顺心如意

禅度流年

时光飞逝日月轮回

岁月更迭鸟无声息

夜渐渐地黑了深了

星月从云层探出头

月光隔着窗露着脸

悄悄洒进我的心房

用心煮好一杯清茶

细看茶叶慢慢舒展

就像一次生命轮回

朗读一篇唐诗宋词

赏诗词中调声旋律

犹如一场悲欢离合

走过了岁月的清浅

品尝到人间的冷暖

感悟出命运的擦肩

所有的不悦与艰辛

都已经成为生命里

不可能磨灭的记忆

风起云涌缘聚之间
咱擦肩了那场烟雨
花开花落缘散之时
你错过了几个季节
春去秋来彷徨之刻
我失落了几许沧桑

人生的真谛不只是
花开季节时的绚丽
硕果挂满枝的秋天
银装素裹中的妖娆
更多的是叶飘落时
那不离不弃的陪伴

生命原本如禅似道
不惊不扰阴晴圆缺
静望流年深悟万物
化土为泥落叶归根
将往事全葬于笔下
让心保持从未雕琢

倚靠窗前亲情难忘

一曲流年以风为伴

风冷又狂落叶飞舞

一抹红尘让心牵绊

一杯清茶笔下生花

一生奔波只留余香

把自己活成一片雪

光明磊落心无杂念

把自己活成一座山

登高望远一览无余

把自己活成一束光

自信坦荡光芒万丈

当岁月将时光定格

一切都终归于平淡

收起眼中万般不舍

愿听时光诉说衷肠

期盼春风再次拂面

一起尽赏无限风光

火柴棒

当你赞美蜡烛的辉煌时

你是否想到了熄灭的火柴棒

当蜡烛在尽情享受那份荣耀时

你是否还会记起那已烧焦的

弯曲成弓样的火柴棒

也许大多数人会记得

记得是蜡烛曾经给予的光和热

也许谁都忘记了点燃蜡烛的是谁

也许谁也没有在意那栖身于地

被烧得焦黑的火柴棒

人的一生有很多的机会

而火柴棒一辈子只有一次

而且它也清楚地知道只有一次

也就是在那一瞬间

它默默地度过了自己的一生

有些时光

有些时光

静若秋水

有些时光

明若初阳

有些时光

如花绽放

有些时光

清唱流年

有些时光

寂静欢喜

有些时光

或许喧嚣

一个季节

一段故事

一个回眸

一段记忆

一念花开

一念花落

一念天晴

一念天雨

时光如树

长出落日

长出年轮

长出诗行

春水煮茶

夏荷成风

秋雨抚琴

冬雪作诗

提笔千次

唯有祝愿

岁月无痕

流年无恙